英語自學王 ②

鄭錫懋————著

Michael Cheng

晨星出版

目 次

致謝詞

老師，是我此生從事過最久的行業
是我的熱情、我的志業、我的呼召
上一本書，感謝了家人和貴人們，透過第二本書的完成
我想謝謝幾個學習階段裡，對我有重大影響的老師

感謝田中國小 李文華 老師
何其幸運，能在您的門下受教三年，直至國小畢業
永遠記得您為了教會我「怎樣解題」的單元
特別在放學後把我留下來，還請我吃了一碗麻醬麵
您的堅持和不開後門，讓我迎來了智力大爆發

感謝正心中學 林元泉 老師
您是我的英文啟蒙，課堂上播放的《屋頂上的提琴手》
時隔數十年，衝擊和感動仍猶如昨日
上課時，能為你倒一杯夠燙的熱開水
是我在正心中學時，感到最光榮的回憶

感謝正心中學 許芝薰 老師
在正心中學就讀的短短一年裡，我惹了許多麻煩
在我被貼上壞孩子的標籤時，謝謝您如常地對待我
在最深的夜裡，您是一絲曙光
您為我守護了當時僅存的善良

感謝田中國中 謝妙美 老師
國中二年級的我，陷入了狂暴的叛逆期，反抗一切的權威
謝謝您在我這麼不可愛的時候，仍然沒有放棄我
國三時能被編進升學班，有機會繼續好好讀書
都要歸功於您，您在我墜入深淵前，用包容接住了我

感謝斗六高中 徐滄珠 老師
沒有遇見您，我應該沒有機會成為作者
您是我的文學素養和寫作的恩師
也謝謝您，常常在課餘時間帶我出去吃飯
人生的第一杯卡布其諾咖啡，就是您請我喝的呢 ！

感謝逢甲大學 陳瓊怜 教授
您是最有溫度的教授，除了課業成績，您也關心我們的生活
謝謝您送我人生的第一本《聖經》
在無數個不成眠的夜裡，它總能給我安慰和力量
也讓我最終成為了基督徒，常常經歷上帝的恩典與憐憫

感謝良師樹人的 楊田林 老師
您是我的教學法啟蒙者，您教會了我對師道的堅持
每每在寫作、備課時，想起您兢兢業業、一絲不苟的身影
謝謝您用身教，示範了師者該有的模樣，我會一生銘記於心

師恩深重，我會努力追趕，當個像你們一樣的好老師

英語自學界的米其林指南

　　米其林餐廳的菜餚好看又好吃，Michael老師的這本書，也是色香味皆美。不只含金量極高，讀來更是饒富趣味，提供了美好的閱讀體驗。

　　這不只是一本語言學習書，更像是語言學習類別裡的《米其林指南》。

　　Michael老師秉持了一貫幽默又溫暖的口吻，將一本英語學習書演繹得充滿魅力，書如其人，這本書正是我所認識的Michael老師——溫暖、風趣又有堅強實力。Michael結合了英語底蘊和中文造詣，打破語言學習書嚴肅的刻板印象，透過文字的掌握力，讓每個章節的文字，都像被賦予生命力一般，充滿立體感並且有趣。

　　那麼，在這本書裡，你會獲得什麼？

　　首先，跟著此書，從發音、基礎結構、文法規則、溝通技巧一步步紮根，並透過獨到的英語記憶口訣，讓抽象難懂的文法規則，瞬間能夠在腦中圖像化，變得好理解、好記憶。

　　再來，從閱讀書中舉出的英語例句開始，一邊開口跟著唸，提升口語力，又能一邊感受到用不同說法的樂趣。

　　最後，如果你熟練「麥氏寫作三重濾網」，即可寫出既

正確又不流於俗套的道地英語，不再視寫作為畏途。這些都是本書魅力爆表之處，讓這本書成為令我想不斷翻閱，並且分享給無數人的好書。

藉由此書，跟著Michael老師一起：

掌握中文和英語的語性差異，讓台式英語獲得大改造。
掌握英語時態間的語感差異，不再霧裡看花。
掌握介系詞的底層邏輯，透過邏輯理解，不再死記硬背。
掌握可數名詞、不可數名詞，特指、泛指從此不再迷惘。
掌握助動詞的語氣，不再一句話讓人變身綠巨人浩克。

Michael老師還摸索出ChatGPT的溝通魔咒，讓你可以打造出客製化的英語字典、獨一無二的外國友人、嚴厲與溫柔兼具的文法老師。

一個曾在學習路上載浮載沉的英語學習者，如何能寫出這本值得一讀的英語學習書？仔細翻閱此書，你會發現答案來自老師長達十數年、跌撞又曾感到自卑的英語學習曲線。

天分過人的學習者固然令人羨慕，但擁有脫魯經驗的學習者，因為親自走過學習曲線的高山、低谷，更能懂得學習者的每個「痛點」。Michael總說他「跌得夠深、魯得夠久」，我看見的卻是：他走過困頓掙扎，歷經緩步成長，最終展翅高飛。深信他走過的路，更適合曾在英語學習上受挫，盼望看見突破的學習者。

《米其林指南》的評分五項標準是：食材品質、廚師對味道以及烹調技巧的駕馭能力、料理中展現的個性、是否物

有所值以及餐飲水準的一致性。五項標準中，只有一項，是和食材本身的精良程度有關；另外四項，都是關於磨練技藝和用心。

如果你自認沒有學霸的天分，這本書正是為你而生。隨著本書的篇章結構，跟著Michael老師逐步闖關，搭配老師的「終極實作日程」，反覆「記憶→提取→運用→活用」，把英語學習融入日常習慣中。邀請你跟著Michael一起打磨英語力，從街邊美味的級別，藉由不斷紮根與磨練，晉級到米其林等級。

尋常家庭食材，只要精心烹製，也能成為星級珍饈；無須語言天才，只要磨練有方，也能如願摘星登峰。君不見，以馬鈴薯泥迷倒眾生的神廚侯布雄！

指南手冊就在手上，現在就勇敢出發吧！

王心怡

小狸日語創辦人、《日語50音完全自學手冊》作者

跟著 Michael 古靈精怪，
英語自學，好玩像打怪！

　　我們從小到大學英文，那麼多年下來，英文之於你，是熟悉得像九九乘法，還是陌生得像平行宇宙？我猜多數人是後者，你也是嗎？怎麼會這樣？是我們不認真嗎？明明在電玩裡打怪，我們都廢寢忘食打得不錯，怎麼換成英文，就吃癟了呢？

　　如果學英文像電玩打怪，有寶物可以挖，有稱手兵器可以用，有絕招可以使，卡關有大神可以救，應該就能像打電玩一樣打不停吧（不是被逼的）。能打不停，時間久了要不厲害，也很難吧。

　　Michael 的兩本《英語自學王》，就是陪你把學習英語，變成一趟好玩的打怪旅程。身為上一本書的讀者，以及 Michael 老師實體課學生，這本書，我讀起來超像「旅遊指南」、「破關攻略」。

　　光看書中14個單元，每個都是我們學習英文旅程，重要的景點。一關又一關，像不像來到「英語長城」山海關、嘉峪關？像不像一款「英嗝力續」電玩有關卡，每關都有魔王大 Boss？

不用怕，有 Michael 罩你，你一夫當關，萬夫莫敵！

我喜歡看三類作家的書：專業的、有趣的、良善的。專業的作家給你正見，有趣的作家給你創見（還能這樣玩），良善作家給你慈悲洞見。這本書，Michael 三位一體。

就拿書中，我最喜歡的〈甜言蜜語關〉來說。Michael 跟你分享，怎麼說可以淡化否定語氣，不會讓人家覺得不舒服。你不用說得像老師，也不用說得像老粗。專業行家，才能給你這種細膩提醒。

再來，要表達濃情蜜意，Michael 老師還告訴你「少糖、半糖、全糖、台南全糖」的說法怎麼說？怎麼表達才對味，超級有趣。你學起來，下次跟老外說話，就能讓對方像選飲料一樣，選擇想要的「回覆」甜度。有趣的老師，才能帶你這樣玩。

最後，除了這本書，Michael 還幫你準備好多實用工具、影片。如果你願意，他甚至為你規劃長達四個多月的三段式自我挑戰。換言之，在英語自學的路上，他想陪你不止一本書的時間。這是他的良善。

Michael 從學生時代英語被當多次，到英語補教名師，到英語學習暢銷作家……我一路看著他真誠累積。他是自學成功的絕佳案例。所有努力綻放，讓世界呼吸到芬芳的人，我都無比敬重。

　　無論你想學好英文，或是自學什麼技藝，我都推薦你這本書。你說打怪學好英文之後要幹嘛啦？當然是去一個「講英語嘛ㄟ通」的世界，開闊自己的生命體驗。來吧，我們一起來拿那張入場券。

作家、企業講師、TEDxTaipei講者

英語自學不是公式套一套，讓錫懋教你撇步展絕招！

　　我總在想，為什麼《英語自學王》可以賣十刷，跟我的推薦序應該沒太大關係（我頂多貢獻一刷），而是錫懋行文如此接地氣，應該跟他在家裡及教會的活動有關，常有機會跟比他小十歲、二十歲、三十歲的人溝通有關。

　　我這篇推薦序的名字如果你覺得看起來有點像rap歌詞的話，那你真的猜對了。

　　幫錫懋寫完這篇推薦序後，我將投入下一本書的寫作計畫，完成後，我想參加一堂課：「從初心者到PRO：熊仔的嘻哈音樂創作課」，如果完課，我會把那首獻給錫懋的rap給寫完。

　　大疫之前，連續三年，我每季帶雙親赴日旅行，全程除了睡覺都沒得休息，因為就算緊盯一人，另一人可能消失又不帶手機，總讓我疲於奔命。

　　有一次我自己去日本放鬆幾天，一下機我就專車直抵帝國酒店，寄存行李後，走到樓下天一天婦羅吃中餐。飽食之際，一對白人老夫婦入內，他們看著菜單，面帶猶豫，但似乎沒有人員趨前協助。

　　那個氛圍讓我主動伸出友誼之手，詢問：「Do you need

me to introduce the best dishes of the restaurant?」，得到回應後我請他們要考慮份量，如果想嘗鮮，我建議一個人點天婦羅丼飯，另一個人點最小份的套餐，他們對我微笑的同時，全店內外場多人亦對我投射善意的眼神。

太太名叫Kathy Brown，先生叫Ronald Arnold。Kathy 跟Ronald說我建議得好，但Ronald可能怕吃不夠，多點了些。

後來我先行離去，步行到百果園買了五盒草莓，回到飯店拿鑰匙準備上樓之際，發現他們尚在check in，我拿出一盒草莓跟他們分享，我說東京現在最好吃的水果就是草莓，最新鮮的草莓就在這間傳統水果行，但走到那裡會花掉你們一些時間，就不要跟我客氣吧！

回國後，收到他們來信致謝。

Dear Mr. Yang

The gorgeous, delicious strawberries have made the day wonderful! You were so very generous to bring these to us, and we are delighted.

We had a thrilling time at Roponggi Hills today... it is worth seeing if you haven't gone before.

Again, our most heartfelt thanks.

撇開外籍老師不談，我第一次跟外國人講英文是十一歲，在路邊跟一個美國流浪漢聊天，講錯絲毫不怕，敢講就

贏，膽子就這樣練出來。（後來我才知道，原來他想跟我要一支菸。）

對於英語還沒有口說自信的人，「固定型思維」會讓他們更不敢開口，認為一輩子都不會有開口的完美時刻。如果了解「成長型思維」的真義，應該知道，掌握正確的觀念與學習方法，身體力行，效果可期。

錫懋是一個在學習路上曾被命運無情凌遲，但最後「運自己的命」的一流鬥士。如果把整段人生以聲音來比喻，少年錫懋奏出的樂音，一度嘔啞嘲哳。人家說：「上帝掩門的同時，總會開一扇窗」，但我說上帝若忙到窗閉門掩，我們也要有勇氣硬踹出一個逃生口，高聲告訴上帝：「Look at me. I am here.」幾度抓住浮木的他，化詛咒為祝福，化嘈雜為樂章。他不斷自我提升，格局益大，成了風度翩翩的命運指揮家。

有一次我受吳淡如專訪兩集節目，錄第二集時，我脫口一句台語：「人來世間，有兩件重要的載誌：一項是知影家己幾斤重，一項是知影天地幾斤重。」若臨終前還「不知影家己幾斤重，不知影天地幾斤重」者，無異白活。

「知影天地幾斤重」就是知道人外有人，天外有天，理解「我知道我有不知道的地方」，若自詡知識份子，有能力承擔重任，就要學著去同理跟我們想法不同的人，同時也理解，有許多新方法或好道理，我們一時間還不知道，一時間還沒能掌握，不必急著駁倒持論跟我們不同的人。

「不知影家己幾斤重」有兩種解釋。一種是把自己看輕看小，不知道自己將大有可為。少年錫懋，可能在這種想法

裡掙扎過。一種是把自己看得過重。看重自己不是壞事，但要有本事承擔更多、奉獻更多，否則就只是：能力配不上野心。

最後我想分享，有時候一件事若用中文講不清楚，試著用英文講，說不定可以釐清盲點。

幾年前政府禁用一次性塑膠吸管，網路上若有人發文疾呼「百姓喝珍奶時得拿湯匙撈珍珠」，可能會引起不必要的恐慌，而且錯解了政策的好意。這樣的舉動，容易讓人家誤以為政府要禁止所有種類的straws（吸管），以為就此不能用吸管了，不得已才必須拿湯匙撈珍珠。塑膠成分在總重的百分之十以內的吸管是被允許使用的，其他諸如metal straws（金屬材質吸管）、paper straws（紙吸管）、biodegradable straws（生物可分解吸管），仍然都被允許使用。

敞開心胸學習英文，能讓我們當個既虛懷若谷又接軌世界的明白人。

Amazingly, the author appreciates and advises acquiring advanced abilities, actively addressing all ages, and advocating enjoying alternative approaches.

楊斯棓.

醫師、年度暢銷書《人生路引》作者

嘗遍人間甘辛味，
言外冷暖我自知

　　標題取自日本大文豪夏目漱石先生的知名句子。就我所知，夏目漱石先生對東西方文化均有深厚底蘊，既是英文造詣極高的知名學者，又精通日本傳統文化，像是俳句、書法，令人稱羨。在我身邊也有一位這樣的好朋友，吾友鄭錫懋Michael老師，學識淵博，心地善良。他對知識的追求，始終如一；對英語教育的貢獻，慷慨而不自私。

　　為何要學習不同語言？可能你我都有不同見解，有見解總是好的。在我看來，我們皆在這短暫而意義深厚的人生旅程中，追求知識與智慧，以豐富我們的內心世界、擴大我們的視野，努力探索世界的奧祕。而語言在這探索知識的過程中，扮演著舉足輕重的角色。

　　因臺灣的歷史和地理緣故，英語成為最為關鍵的外語。實際上，當我們積極學習一門語言時，不僅僅是在學習語言本身，更是在瞭解並尊重其他文化背景的人。通過學習語言，我們能夠跨越文化和地域的隔閡，進而暢快地交流，探討普世價值與人事物。

　　波克夏‧海瑟威公司的首席副董事長查理蒙格（Charlie Munger）先生曾說：「如果你知道會死在哪裡，那就永遠

不要去那邊。（All I want to know where I'm going to die so I'll never go there.）」

英語學習裡，也存在著許多令人心死的坑，很多人卻沒能避開，硬要往坑裡踩。坑踩久了，挫折感日漸加深，便覺得自己毫無語言天賦。然而，無天賦與無方法大相徑庭，千萬不要視為等號。透過本書提供的方法和策略，Michael想要帶你避開深坑，並且撕掉你貼在身上的那張「我學不會」的標籤。

我與Michael老師合作至今，深感欽佩。他對英語教學充滿熱情，以自己過去的經歷為引（大學聯考英文20分，大一英文重修3次），成為陪伴眾多學員鍛鍊英語的指路人。Michael對於英語教學有著獨到的見解，不只注重實踐與應用，更能將英語知識詮釋得簡明易懂。使學習者得以在掌握語言基本技能的同時，體會到學習英語的樂趣。

因此，當Michael老師說要出第二本書時，我第一時間高舉雙手贊成！《英語自學王2》除了延續《英語自學王》一貫真誠又詼諧的寫作風格外，更對學習英語的困境提供了解決方案。這是他沉澱思索、自我迭代後，再次為學習者獻上的心血結晶。

本書做為前作的延伸，不只提供框架、循序漸進引領您走過各個學習階段，Michael還提供了豐富的練習資源，光這些練習資源，價值就遠遠超過《英語自學王2》這本書的價格。

近來，科技進展變幻莫測，眾多AI工具紛繼問世，《英語自學王2》應是第一本納入AI人工智慧，幫助大家學習英

語的語言學習書。透過AI的協助，讓我們擁有像蘇格拉底般的貼身學習家教，隨時隨地都可以對話交流。Michael老師已搶先完成測試，並直接提供了實際的應用方式，請您千萬不要錯過！

在這個瞬息萬變的時代，透過有效的方法來掌握一門外語，將為您帶來無限的可能性。無論您的目標是提升職場競爭力、拓寬人際交往範疇，抑或是為了尋求內心的滿足，學習英語都將是極為寶貴的選擇。

最後，我願您在學習過程中，體會到超越自我與駕馭語言的喜悅，感受到與來自五湖四海的朋友們，分享彼此的心靈的美好時光。願您在學習英語的道路上，不僅豐富自己的智識，更能將這份智慧用以溫暖人心，感動世界。

讓我們在這無盡的語言海洋中，勇敢地航行，勇敢地追求屬於我們的夢想。讓我們在這無垠的知識領域中，攜手同行，共同成長。誠摯推薦《英語自學王2》！

趙胤丞

高效人生商學院Podcast共同創辦人
《小學生高效學習原子習慣》作者

自 序

繞了臺灣半圈之後

「Michael，第二本書想要寫什麼？」這是過去三年，我最常被朋友問到的問題。

一開始我的答案都是：「蛤！？我沒有要寫第二本書啊！」會這樣回答，除了寫書實在是件磨人的差事外，另一個原因則是，當初寫《英語自學王 —— 史上最強英語自學指南》的起心動念，就是想將一切所知，毫無保留濃縮成一本書。所以在書出版的當下，我真的有種傾盡所有的滿足感，也覺得作者的角色，已經告一段落了。

然而，隨著這本書的上市，我開始了環島的自費簽書導讀會，因此接觸到了好多讀者，每次簽名結束，總會有認真的讀者留下來問我問題。許多人都帶著不同的問題、瓶頸、挫折來到我的面前，並且熱切的期待得到解答。這時，我才發現，還有更多的內容，可以為第一本書作為延伸與補遺。

如果上一本書是英語自學的心法指南，這一本書，會定調為英語自學的實戰闖關手冊，期待提供更具體、可立即執行的練習活動，協助大家更快上手，快速通過低成就感的學

習階段，開始持續而穩定的語言習得之路。

　　其實在第一本書的書寫過程中，我心中一直存在著自我懷疑：真的會有人需要這本書嗎？市場會發現我的小小存在嗎？拼命寫下的這本小書，能幫上後來的學習者嗎？

　　這些問題我沒有答案，我只能耐住心魔的拷問，一字一句慢慢把書寫出來。及至正式出版後，再把新書導讀會，一場一場講下來。然後，《英語自學王》意外暢銷，劇情超展開，我過了繁華如夢的一年。

　　因為出書，過去的三年，真是充滿各種驚奇與恩典：正式成了作者，圓了半生的寫作夢。簽書導讀會，帶我去到了許多從未造訪的臺灣鄉里。學習英語多年，終於去了一趟美國，英語一次講到爽。獲得貴人賞識，重出江湖，重啟英語自學工作坊。促成與忠欣公司的專案合作，前進數十家企業演講。新書宣傳錄了多次廣播，錄到變成自己做廣播。登上雜誌封面，進攻7-11，從此在路上不敢亂挖鼻孔......。

　　很精采吧？但其實在第一本書《英語自學王》剛寫成的當下，我是一個裸退在家，在奶瓶與尿布的狹縫中打滾，勉強收支平衡、常常為未來感到徬徨的慌亂奶爸。能到達現在的位置，我心存感激，滿滿的感激。感激臉友、讀者、學員的信任，讓這本書成了暢銷黑馬；感激妻子、家人的支持與協助；感激上帝，讓點滴的努力都算數，最終能匯流成河；感激自己撐了過來，能看見現在美好的人生風景。

雖然過去的一年，活得像三年那麼精彩，但借用齊秦的歌詞來說：「我還是原來的我。」我沒忘記當年英文要脫魯的有多辛苦，我還是對語言學習保有好奇與熱情，我還是那個很雞婆，想要跟別人分享所知的大叔。

　　如今，第二本書完成了，我目前所知道的，都放在裡面了。邀請你開始使用書裡的資源與方法，認真地開始一段有承諾、有目標的自學旅程。Each day counts. 天道酬勤！只要方法正確，你每一點的努力，都不會是白費的。

　　我大學聯考英文考了20分，大一英文重修了三次，逢甲企管系花了六年才畢業，資質駑鈍又缺乏心智紀律，我想在地上寫個慘字。真心說，我是克服了重重困難與失敗的語言習得者，所以如果我可以，相信你也一定行。

　　願用我過去的困窘與不堪，為你的英文學習做好場勘，甚願我再次奮力寫成的小書，幫助你在學習英語的路上，把時間用正確，把錢花在刀口，少走點冤枉路，多增加點樂趣。來吧！我們一起往前再走一哩路。

　　願榮耀歸給上帝，願英語進步歸給你，願你未來的一年，因為學好英語，充滿恩典與驚奇。

你的自學夥伴　Michael 錫懋

前言

Before we start.

親愛的自學夥伴們,如果你是新朋友,請容我介紹一下自己,希望我的脫魯經歷,能夠給你一點信心,也為本書的閱讀先暖暖身。

我是鄭錫懋,當過五年半的全職爸爸,兼職講師(通常只有週六工作),兼職作家(三更半夜才能寫作),請叫我斜槓中年。

我原是英語魯蛇,大學時期,所有使用原文書的科目,我幾乎都搞砸了。這麼悲催的我,後來竟然把英文學起來了,還成了不錯的英文老師,甚至到了印度偏鄉用英文教數學,開過兩家文理補習班,劇情轉折的程度,簡直比扯鈴還扯。

我是從英文地獄裡,一爪一爪爬出來的人,我真的知道,語言學習中的艱辛與孤獨。我更知道,只要心態對了,方法對了,第二語言的習得,絕對是一件可能的事。

第一本書,提供了學習資源與心法;這一本書,盼望透過更細節的行動闖關指南,陪你往前多走一點。關關難過關關過,暫時沒過別難過。路上的荊棘,或許會使我們受傷,但那些傷疤其實都是勇者的勳章。

走,我們一起出發打怪去吧 !

1

趕除心魔關

最難敲下的，是第一個字

「啊！！！！！！！！！」在敲下鍵盤前，這是我對著天花板發出的吼叫。不瞞你說，現在你看到的這幾行字，真的就是這本書最初寫成的幾個字。從簽訂新書的書約，到真正有力量開始寫作，中間隔了整整三年；會相隔這麼久，除了同時扮演全職奶爸與兼職講師的奔忙外，其實最大的原因是：我被拖延症的心魔糾纏住了。選擇在這裡和大家分享這段歷程，是因為這個心魔，也是許多人的英語學習無法成功的原因。

你也有拖延的經驗嗎？明明交件日期是一個月，但是前15天完全沒有產值，交件前10天才開始有工作的fu，剩5天開始感到時間的壓力，然後用最後2天熬夜爆肝來完成。如果你也有上面的狀況，那麼我們真是同病相憐啊！隔空來擊個掌吧！

無巧不成書，一個常鼓勵學員「現在就開始行動」的講師，卻在自己的寫作過程中，與拖延症正式交鋒，真的是很值得剖析的個案。幾經反思，我發現自己在這件事上，<u>**最大的拖延原因是：想要逃避痛苦**</u>。

身為一個中文打字速度每分鐘只有25個字的苦手而言，寫書是件耗費心神的事，而且第一本書的寫作過程，真的是想到就怕的累。當年的租屋處，沒有適當的書桌，所以第一本書，大部分是在餐桌上，趁著全家都熟睡的夜裡，一盞孤燈、一杯清茶，逐字逐字慢慢敲打出來的；這樣的寫作過程，既孤單又疲憊。

所以，只要想起要寫書，我的下意識反應就是「痛苦」，然後，這個痛苦就牽引出後續的拖延行為，一路拖到了現在。

我想，這可以對應到許多人的困境，或許也對應到你的：那個早該開始的減肥計畫；那個早就寫好而尚未執行的讀書計畫表；暑假第一週，就該開始寫的暑假作業；那場想了很久，卻未曾實際投入的第一場馬拉松；以及最關於本書的，你一直想提升的英語能力。

在經歷了三年的書寫拖延症後，是什麼又激起我寫作鬥志？答案很煽情：**是我終於想起來的快樂。**

我想起了第一本書所創造的美好連結，無論是透過臉書的線上聯繫，或是在簽書導讀會裡的真實相遇。寫作雖然孤單，但讀者們熱切地告訴我，因為執行練習而帶來的進步，總能為我帶來很大的溫暖，That really feeds my soul.

大家的鼓勵，加溫了我再次提筆的熱情，而讓心中的動力到達燃點的，則是一位內向而認真的讀者，捎來的溫暖訊息，內向者的心中，果然都蘊藏著超能力。

在高雄的一場演講之後，這位讀者刻意留下向我道謝，並且在回家後寫了一則訊息給我。我知道對她而言，這是很大的突破；而她不知道的是，她的感謝，拯救了困在寫作沙漠中的我。

經讀者同意後摘錄

奶爸您好：

今天在高雄聽了你的演講，過程毫無冷場，精彩又幽默！跟看書一樣，能感受到你的熱情和用心，不一樣的是，現場聽你親自講述書中的故事，更是親切！

今天，對我很有意義，是我完成持續讀英語四個月的日子。四個多月前，在書店無意中翻閱到你的書，然後就視若珍寶的把它帶回家了。當時我正想精進英語，想考英語研究所，可是因為不是本科系，英語程度也只是中等，茫茫然無從準備起。在看了你的書後，不僅熱血沸騰、心裏也踏實很多，因為我知道了方法，即使考不上研究所，我也相信可以自學好英語。時值考前一個月，我馬上照著你的建議，開始第一階段的學習。

我必須說，我是一個自制力差的人，學生時期擬的讀書計畫，從來沒有執行超過五天。但是，你建議的學習方式，既不耗費時間又很有趣，而且從開始的第一天起，你都在LINE@裡為我們加油打氣，不知不覺完成二十五課後，聽英文的習慣也養成了！

在第二輪的練習遇到瓶頸時，鼓起勇氣來信詢問你，感謝你為我解惑，並鼓勵我持續努力，讓我之後想偷懶都不好意思了呢！雖然只有一個月，但我已經能明確感受到，耳朵聽到的東西不一樣了，開始注意到以前不曾注意的發音差異，更因為維持著英聽和口說的每日練習，在研究所口試時，我不致於結巴怯場。

然後，有個好消息要和您分享，雖然筆試成績普通，但因為口試成績拿下高分，我驚險地錄取了理想中的英語研究所。

🎵 奶爸為你灑花轉圈圈

現在，我已經開始第五輪的二十五課練習，不過我稍微改變了一下方式，因為想加強印象，所以一課連聽兩天，完成後再聽下一課，目前已經可以無稿跟讀了！雖然四個月的努力，可能不算什麼，但我會用你說的「不符比例原則、史詩般的慶祝這個微小勝利」。

　　真心感謝你！為你送上這篇落落長的回饋，也祝福奶爸教學及出版事業順利、健康快樂！

你的讀者 瑞瑞

　　這樣的溫暖回饋，讓我找回了當時寫作的初心：「只要有一個人，那怕只有一個人，因為我所寫的書而受益，那一切的辛苦就都值得了。」

　　有人說，我的文字有種「對象感」，好像真的有個旁白者，站在讀者的耳旁說話。我猜想會有這樣的「對象感」，是因為在寫第一本書時，我總浪漫地假想著一個讀者，熱切地向他傾訴所知。如今假想中的讀者，一個一個真實相遇了，是你們治癒了我的拖延症。原來我書寫時的孤單，並不孤獨。（I am alone, but I am not lonely.）

　　而且，因為大家的信任與支持，《英語自學王──史上

最強英語自學指南》，這本素人作者的青澀之作，意外在書市中突圍而出，竟在一年內賣出超過10000本。這一萬多份的信任，是我再次提筆寫作，最強大的催化劑。

因岸見一郎先生的著作《被討厭的勇氣》，在臺灣廣受討論的心理學家阿德勒（Alfred Adler）曾這樣說：「我只有在覺得自己對他人有貢獻時，才擁有勇氣。」讀者們的回饋，真的讓我找到了對抗拖延症的勇氣。

如果，你在英語學習的路上，也常常因挫折而中斷，甚或遲遲無法開始，鼓勵你認真想想，把英語學好這件事，能對你在乎的人們，產生什麼正向的貢獻。或許，你也能在其中，找到奮力向前的力量。

回到本篇一開始的那聲「啊！！！！！！！！！！」，那個吼叫聲，是戰勝拖延症的宣告，這遲到一年的吼叫，像是在說：「我受夠了！我要開始行動了！」

以個人激勵成長聞名的安東尼・羅賓（Tony Robbins）曾這樣說：「人們總說，『需要十年的光陰，才能真正改變生命。』這根本是胡扯！改變只需一念之間；但是，或許真的需要十年，才能讓你意識到，該是時候對於現況說：『恁爸受夠了！』。」（People say it takes 10 years to change your life. That's bullshit. It takes a second. But it may take you 10 years to get to the point of finally saying "Enough"）

關於英文能力不夠好這件事，你也受夠了嗎？準備好要對它發出宣戰的怒吼了嗎？語言學習需要一段時間的投入，但最重要的是，你決定何時要開始。距離再長的超級馬拉松，都是從邁出第一步開始的。

電商巨擘亞馬遜的創辦人貝佐斯（Jeff Bezos）這樣說：「所有看似一夜成功的故事，背後都有十年的奮鬥。」（All overnight success takes about 10 years.）我想補充一句：「而且，通常都是由一聲夠勁的吼叫開始的。」（AND, it usually starts with a good roar.）

這本書，還要熬很久才會寫好，但我知道**最難的第一個字已經寫下了，剩下就是時間的問題了**。你學好英文的夢想，停滯多久了呢？不如，就先從一個「恁爸受夠了」的吼叫開始吧！

現在，對，就是現在，請將本書放下。
發揮創意，去找到一個適合大聲呼喊的地方，
向著天空的方向，喊出你對英語的勝利宣告吧！

你可以這樣喊：「啊～～我不要再因為英語不夠好，限制了自己的可能，這一次，我跟你拼了！這一次，我贏定了！啊～～」

相信我，真的很有效的，你手上的這本書，就是從一聲吼叫開始的。

合起書本，站起來，馬上行動吧！

Come on, give me a good roar.

2

格物致知關

英語學習的黑桃同花順

「這裡有張Ace，只要我輕輕一撸……就立刻變成一張皺了的Ace因為我還沒發功啊！我一發功還能變成一副麻將出來。」

　　　　　　　　　　　　　　　　　　　　——周星馳《賭俠》

　　對於發個功搓一搓，就能一手好牌的賭聖而言，要拿個同花順並不難，要的話他連黑桃一條龍都可以搓給你。但在真實的梭哈牌桌上，還真沒幾個人有機會拿到同花順，單就機率看是3億分之一的難度，幾乎就跟中樂透一樣低。

　　牌桌上拿不到同花順，沒關係，英語學習的同花順有拿到就好。在這一章裡，我想帶大家來看看，語言學習的過程中，有沒有像同花順一般，**整齊有順序的系統化進程**，帶你鳥瞰英語學習較為完整的全貌。

　　我想引用《禮記‧大學》裡的一段話，來做為討論的主軸：「物格而後知至；知至而後意誠；意誠而後心正；心正而後身修；身修而後家齊；家齊而後國治；國治而後天下平。」大意是，就算你想完成「天下太平」這麼大的目標，仍然是要回到初心，仍然是要從小處著手。（有沒有開始懷疑你買的其實是國學常識指南XD）

　　借用《禮記‧大學》的次序，來展開語言學習的有效順序。

A. 格物　推究事物的原理

　　了解語言學習的本質與科學化的學習方法。很多成人語言學習者，或基於畢業的門檻、或因為求職升遷的需要，一頭投入了英語學習的大海。卻因為對學習語言的方法並不熟悉，以至於努力、用力了很久，仍然沒能看見顯著的進步，常常也因此半途而廢，一輩子都在「立志學英語」。

B. 致知　獲得目標知識

　　有了科學的學習方法，就能更有效率的習得目標知識。以本書討論的範圍而言，目標當然是習得英語。**英語是學不完的，因此要設定符合自己需要的範圍，在重點上施力。**簡單說，一個立志取得國際導遊證照的學習者，不用為了看不懂工程英語而感到灰心；一個立志成為國際級技工的學習者，則必須為看懂英文操作技術手冊而努力。

C. 誠意　意念真誠

　　初心要真誠。我認為學習外語真正的目的是**增加與人溝通的工具，拓展認識世界的管道，提升追求幸福的能力。**而不是為了通過任何形式的考試。考試只是一個客觀的檢測數據，以通過考試為目的的學習者，通常也只會在考試結束後

（無論通過與否），就放下了語言學習的任務，然後，隨著張力的鬆弛，慢慢被打回原形。

考試壓力的確是強大的驅動力，也是很多成年學習者，重拾書本的最初動機，但最理想的狀態是，在辛苦備試的過程中，找到學習語言更深層的熱情。

D. 正心　心思端正

這裡我們把心思端正延伸解釋為，對於學習英文的心態（mindset）要正確，在前著中有提到，我在英語脫魯初期，最重要的心態轉換（mindset shift），就是把 "English is a foreign language." 轉換成了 "English is a different voice." 不再把英文當作學科，把它當作一個不同的聲音，只要願意重覆、模仿、練習，就能越來越上手！

把英文當成學科，那就只有學霸能獲得成果；把英文當作一個聲音，即便魯蛇如我，也能透過適當的練習方法，脫魯成功。

E. 修身　修練自身的能力

在這裡我們把修身解釋為，預備自己擁有能夠使用英文的生理素質。具體的方向有二：打通英文耳，打開英文喉。

英語聽力，是臺灣的成人英語學習者的一大罩門。我常

常在新竹科學園區演講、授課，學員大都是科技公司的工程師、專業人員，大家普遍反映的問題都是英語聽力不夠好。事實上，這群學員大部分讀寫的能力都不錯，只是缺乏了一段「薰耳朵」的練習。

關於打通英文耳的練習，在本書末《 Speak English Like an American 》終極實作日程，會有詳述的執行計畫。

你懂的，**執行計畫的重點，從來都不是計畫，而是執行。**因此這個篇章，是本書最需要你親身投入的一章，少了你的執行，它就只是個計畫而已。

英語口說，更是所有英語學習者的痛。「字到用時方恨少，遇到老外先烙跑。」這種字卡在喉頭說不出來的窘境，大概是很多人的共同體驗，在本書的「有口難言關」，會試著提出一些驗證有效的對策。

F. 齊家　建立家庭的秩序

我們把齊家延伸解讀為，「用正確的語序與詞彙，清楚表達自己。」翻成白話文叫做：「能夠說出／寫出沒有重大文法錯誤的一句話」要達成這個學習目標，需要努力的方向為：增加有效單字量，以及熟悉基礎文法和句型結構。關於文法與句型的部分，我們會放在「言之成理關」細談。

在這裡我想先說明的是，我們定義的學習目標是「清楚表達自己」，而非「精準、完美、到位」，因為要到達完美，需要花一輩子來追尋。對一般學習者而言，英語是學來用的，

不是拿來秀肌肉的，你不是余光中，我不是顏元叔，我們不必成為大師。

G. 治國 治理好自己的國家

這裡我們把「治理國家」延伸解釋為：用自己能掌握的單字、句型，寫出一段完整的文章（比方說，一篇心情札記，或是一封電子郵件）。再長的文章，都是由句子組成的，能把句子讀好、寫好後，再來的目標當然就是能寫好一篇段落文章。

如果你學英語的動機是為了出國觀光、自助旅行時，能夠進行基本的對話，可以先跳過這個目標。但是，如果是商務上的使用，英文篇章的寫作能力，就是值得努力的學習目標。

But，人生最難的就是這個But，一篇好的英文寫作，強調「清楚切題、邏輯嚴謹、結構明確、語意通順、文法正確」，一般的英語學習者，很難在初期達到這個標準。

若是沒有老師的專門指導，則需透過累積閱讀量，來提升語感；透過仿寫範本、改寫佳句，來提升寫作的手感。簡言之，寫作是一門要用一生來練習的功夫，我自己也還在努力，我們彼此共勉，一起加油。關於寫作，我們會在「寫作啟蒙關」，談到寫作初期的輔助資源。

　　周星馳的電影《武狀元蘇乞兒》裡，星爺扮演的蘇燦，在《降龍十八掌》祕笈裡，怎麼翻都找不到第十八掌「亢龍有悔」。後來他靈機一動，發現原來第十八掌，就是將前面的十七掌融會貫通、化於無形。這個頓悟，讓他最終能克敵致勝，抱得美人歸。

　　平天下，就像這融會貫通的第十八掌，脫離了招術的限制，讓英文能為己所用。最後這個階段，已經超出了語言學習的範疇，而是使用另一個語言，擴大自身的影響力，讓你的熱情、你的倡議，被更多人聽見。進而能夠使這個世界，因為有你而變得更好一點，就像 Michael Jackson 唱的：Heal the world. Make it a better place. For you and for me, and the entire human race. （醫治這世界，讓它更美好，為了你、我和全世界的人。）

　　除非你是語言學家，不然**語言學習的終點，不是語言習得本身，而是語言習得後，那個擁有更多元視角、更有影響力、更強大的自己。**

　　願我們一起征服英語，遇見更美好的自己。

3

練武初心關

自學者的內心藏著一座寶藏

關於學好英文，你給自己的限制性信念（Limiting belief）是什麼？

「因為小時候沒學好，現在努力已經來不及了。」

「我各種方法都嘗試過了，真的都沒有用。」

「我曾被英文老師嚴厲責罵過，現在想到英文就會怕。」

「我已經過了語言學習的黃金階段。」

「我看這輩子不可能學好英文了。」

「我已經盡力了，沒辦法我就是笨嘛！」

「我跟英文單字真的沒有緣分，背一個忘三個。」

「我天生就是沒有語言天分。」

每次我聽到讀者、學員向我提出這類的看法，我心裡的潛台詞都是：「真的嗎？」不是懷疑他們所說的是否屬實，而是「真的嗎？你真的打算讓這些信念阻擋你一輩子？」（Really? You are going to allow it to keep you from getting what you want?）

我心中會有這麼不耐的OS，不是因為看輕這些提問者，事實上這些提出問題的夥伴，都是做了勇敢的決定，才到我面前來發問的，都值得拍拍手鼓勵。我心中的不耐，來自於我自己對於這些限制性信念的熟悉。過去的我，是個常年與限制性信念為伍的資深魯蛇（a big time loser），我深知道它們的危害有多深。

你發現了嗎？上述的這些錯誤信念，都是由「缺乏」出發的，主要分成三類，在英文裡都有less的字尾。分別是：

能力性局限（Helpless）、可能性局限（Hopeless），以及資格性局限（Worthless）。與其用「局限」，我覺得「侷限」更貼切，好像是一個「人」甘願把自己限制在「局」裡。

能力性局限者的慣用詞是：「我不能、我不會、我做不到」。
可能性局限者的慣用詞是：「我不可能、這不可能」。
資格性局限者的慣用詞是：「我沒有資格、我不適合」。

聰明的你，看出這些「局」可能帶來的傷害了嗎？它們會讓一個人停滯在原處——即便是不太舒服的原處。要脫離限制性信念，最有效的辦法是：使人看見潛力、看見希望、看見勝過宿命的可能。

因此在這一章裡，我想說說三個真實的故事，兩個關於突破巔峰，另一個則是戰勝低谷，盼望在這三個故事裡，你能得到鼓勵，發現你心中蘊藏的寶藏。

從四分鐘跑完一英里的
都市傳說談起

你想過什麼是「世界紀錄」嗎？年輕時，我總是這樣告訴學生：「世界紀錄，是人類可能性的邊界，它不是用來紀錄，而是用來突破的。每一次有人打破了世界紀錄，就拓展了可能性的疆界。」這些名字被記錄下來，是因為他們曾經突破的極限，成為了人類的巔峰，也成為後來者的邊境拓荒

者。簡單說：**他們讓別人看見了自己的可能，因為只要看見了，就有機會能做到。**

　　田徑場上，有個「人類不可能在四分鐘內跑完一英里」的傳說。一英里大約等於1.6公里，要完成這個傳說，就是用一分鐘跑完一圈400公尺的操場，以100公尺／15秒的速度，連續跑四圈。（無法想像的話，去找個操場跑跑看，絕對喘到你不要不要的。）

　　到了1950年代，牛津大學的 Roger Bannister，這位文武雙全的神經學專家，提出了想打破「四分鐘傳說」的想法。消息一出，一堆網路酸民、鍵盤跑者跳出來嘲諷，說這是痴人說夢、想太多。（更正，當時沒有網路和鍵盤，但酸民的確從有人類以來就存在了）同期的運動學家跟生理學家也跳出來參戰，以科學實驗證明四分鐘跑一英里，是人類能力的極限，不可能少於四分鐘。當時 Roger 的最佳紀錄是4分12秒，離四分鐘還很遙遠，沒有人把他的夢想當真，嘲諷技能越開越大。但他堅持苦練，突破了4分10秒，4分5秒，然後在4分2秒時遭遇瓶頸，像所有人一樣，始終無法低於4分2秒。

　　他不是當世最好的跑者，但他是唯一一個，始終堅信「有可能，在這件事上人類沒有極限，我們能在四分鐘之內跑完一英里」的跑者。

　　大家的嘲笑，只維持到1954年5月6日。那天，他終於用了3分59秒跑完一英里，13億人都驚呆了！一堆專家學者、專業跑者的臉，被打得腫腫的，比我吃麻辣鍋加鹹酥雞當宵夜，隔天醒來的水腫臉還腫。

　　Roger 做到了，**當想像的邊界被拓寬了，這個四分鐘障**

礙，竟變得好像不存在一般。僅僅六週後，澳洲跑者 John Landy，一英里跑了3分57.9秒。第二年，1955年，37名跑者在四分鐘內跑完一英里。1956年，超過300名跑手突破四分鐘障礙。

直至今日，四分鐘內跑完一英里，已是職業好手的常態，為什麼會有這麼大的差別？用 Roger Bannister 話來說最準確，他曾說要突破記錄，「不是看你心肺功能有多好，最重要的關鍵器官，其實是你的大腦。」（It is the brain, not the heart or lungs, that is the critical organ.）

不是看心肺功能，而是看心智高度。

大腦中對「不可能」的限制解開了，我們的身體，就能產生相應的突破性成長。Roger Bannister 之所以偉大，就在於他為後來的跑者，破除了理智中的限制，用愛迪達的 slogan 來說，就叫 Impossible is nothing. 沒有不可能。

用在英語學習亦然，我們需要把心中的這些「不可能」拋開，如果你覺得不可能，那就真的不可能了。記得在《灌籃高手》裡，安西教練怎麼對三井壽說的嗎？「現在放棄的話，比賽就結束了喔！」無論你的英文有多菜，只要懷抱希望，你和英語之間的搏鬥，就永遠有逆轉的可能。

懷抱希望，是自學者心中第一個寶藏。

馬拉松賽道上的跑步哲學家

第二個故事，我們談埃利烏德·基普喬格（Eliud Kipchoge，以下簡稱 Kipchoge），人類史上第一位在兩小時內，跑完全程馬拉松的偉大跑者。

除了上一段的「四分鐘一英里」的挑戰，田徑賽道上還有一個難度更高的障礙，「在兩小時內，完成全程馬拉松」。而這個障礙，在2019年的10月12日的維也納，被這個男人徹底粉碎了！

和 Roger Bannister 引發破紀錄潮不同的是，我個人偏執地深信，下一個把全程馬拉松跑進兩小時的人類，應該還要隔很久才會出現。因為善跑者眾，Kipchoge 卻不只是運動員，他是一個由術入道的跑步哲學家；在他與馬拉松拚搏的經歷中，隱含著給英語自學者的第二個寶藏。

1984年生於肯亞，身高167公分，體重約57公斤的 Kipchoge，用精瘦的身軀寫下許多田徑場上的傳奇：出道的前12場比賽就拿下11面金牌，就像第一次出去幹架，就把對方老大幹掉的概念。柏林馬拉松後半段賽程，在鞋墊外露的情形下克服分心和痛苦，仍然奪下冠軍，甚至比亞軍快了81秒。以及後來將馬拉松跑進兩小時的史詩級紀錄。

但是親愛的，你知道嗎？這些偉大的紀錄，是從一次重大挫敗開始的。

Kipchoge 原先並不是馬拉松選手，而是5000公尺長距離徑賽的國手。拿過2004年奧運5000公尺銅牌、2008年奧運

5000公尺銀牌，卻2012年28歲時，在肯亞的奧運選拔賽中，以第五名之姿遭到淘汰。一般而言，對過了巔峰的選手而言，這差不多就是個該退役的信號了。巔峰易逝、摘星夢碎，距離奧運金牌雖然僅有一步之遙，但也可以說隔了100萬光年的距離，再也回不去了。

但 Kipchoge 的故事沒有停在這裡，Kipchoge 兒時為了上學，每天要跑步四次，單程起碼五、六公里，等於每天一個半程馬拉松的跑量。在跑步中長大的他，知道自己的速度雖非頂尖，但是在耐力這件事情上，有自信不會輸給任何人，因此他做了一個重大的決定：退出中長距離的比賽，投入馬拉松的訓練。

5000公尺不足以展現我的耐力優勢，那我就跟你跑42195公尺，「30公里後，身體各部位會開始感到疼痛，那時馬拉松才真正開始。」Kipchoge 這樣說。30公里以後，就是他的天下。

這個耐力卓越的**正確自我認知**，馬拉松的賽場上，完全體現出來。在2012年保加利亞的半程馬拉松大賽（World Half Marathon Championships）還排在第六名，隔年正式出道的德國漢堡全程馬拉松，就拿下了冠軍。並且更勵志的，在2016年代表肯亞參加里約奧運，如願拿下金牌，摘星成功。

然後，Kipchoge 的故事還是沒有停在這裡。在他功成名就後，他沒被名聲、財富沖昏頭，還是住在簡樸的訓練營，和同經紀公司的夥伴一起生活、一起訓練，吃簡單的食物，一起洗衣服、種菜、養牛，過著近乎與繁華世界隔絕的生活。（對，你沒看錯，就是種菜養牛。）他的極簡生活中，除了

跑步、勞動以外，最多的就是閱讀和思考了。

　　Kipchoge 愛讀哲學類作品、運動員傳記以及勵志書籍，他相信閱讀能為心靈增添力量。在閱讀、咀嚼、思考這些書籍後，他用自己的話說：「只有紀律嚴明的人，才有擁有生命的自由，如果你沒有紀律，你就是情緒的奴隸。」在他的訓練筆記上寫著這樣一個成功方程式：

Motivation + Discipline = Consistency
（熱情＋紀律＝常保競爭力）

　　這樣的自律，來自於他認為自己尚未到達潛能的極限所，所以他持續努力訓練，維持著紀律的生活。這個努力挖掘自己潛力的男人，先是在2018年的柏林馬拉松打破世界紀錄，隨後也在2019年成功完成了「英力士1：59挑戰」（INEOS 1：59 Challenge）。在突破兩小時紀錄後，肯亞總統 Uhuru Kenyatta 透過推特向他致賀："You've made history. Your win today, will inspire tens of future generations to dream big and to aspire for greatness."（你寫下了歷史，你今天的成功，將啟發未來數十個世代的人們，勇敢做大夢，並且引發他們對偉大的渴望。）

　　在「英力士1：59挑戰」官方的 Twitter 中，則寫了這則貼文：

INEOS 1:59 Challenge ✔
@INEOS159

🇬🇧 1954 Roger Bannister breaks the 4-minute mile

🇺🇸 1969 Neil Armstrong walks on the moon

🏴󠁪󠁭󠁿 2009 @UsainBolt runs 100m in 09.58

2019 @EliudKipchoge runs a sub two-hour marathon

#INEOS159 #NoHumanIsLimited

INEOS 1:59 Challenge ✔
@INEOS159

🇬🇧 1954 Roger Bannister 打破4分鐘一英里的障礙。

🇺🇸 1969 太空人 Armstrong，在月球上漫步。

🏴󠁪󠁭󠁿 2009 牙買加飛人 Bolt，跑100公尺只花了9.58秒。
2019 Eliud Kipchoge 將全程馬拉松跑進2小時內。

#INEOS159 #人類潛力無限

　　在破紀錄後的記者會中，他自己則是這樣說："Berlin is running and breaking a world record, Vienna is running and making history -- like the first man to go to the moon."（柏林馬拉松，是為了破世界紀錄而跑；維也納的1：59挑戰則是為

了寫下歷史而跑——就像第一個登陸月球的人類一樣。）這個破過世界紀錄、挑戰過人類極限，並且長時間保持競爭力的男人，始終相信，他裡面還有尚未挖掘出來的潛力。

約翰‧麥斯威爾（John Maxwell，美國作家、演說家、牧師）在他多年的觀察與研究後，他發現了這樣的結果：「成功與沒有成功的人，在能力上並沒有太大的差別。對於發揮潛力的渴望程度，才是兩者真正的區別。」（Successful and unsuccessful people do not vary greatly in their abilities. They vary in their desires to reach their potential.）

親愛的夥伴，無論你和英語學習奮戰了多久？請相信自己絕對還有尚未挖掘的潛力，The best of you is yet to come. There is more. 請你勇敢渴望更多。

擁抱潛力，是自學者心中的第二個寶藏。

中島美嘉，失去歌聲的絕代歌姬

「我是小生，偶爾客串回文，點綴你的人生。開始之前，先聽首歌吧！」

資深鄉民梗

中島美嘉〈曾經我也想過一了百了〉
（僕が死のうと思ったのは）

同場加映 流氓阿德 的台語版詮釋

〈曾經我也想過一了百了〉

（I Once Thought about Ending It All）

● 亦可於 YouTube 搜尋關鍵字

　　在這首歌之前，我認識的中島美嘉是電影《NANA》中的大崎娜娜——一頭俐落的中分黑短髮、濃重的煙燻眼妝、紅唇搭上黑指甲，個性鮮明迷人的搖滾歌手。基本上，娜娜這個角色，根本就是中島美嘉在現實生活中的樣子，對角色的完美詮釋，為她創下影音事業巔峰。

　　她自己也說：「大家給了和我個性相近的角色，所以與其說是揣摩演技，不如說我用身體將劇本牢牢記住，站在鏡頭前就能如實地演出。」

　　在日本主推可愛路線女明星的生態中（新垣結衣、石原里美、桐谷美玲、福原遙……You name it.），美嘉從來不在「可愛」的座標軸上定義自己，活出了 rocker 的自信風格，越酷越圈粉。

　　但是，我從來就沒有喜歡過這個：9次登上日本「紅白歌唱大賽」，事業順風順水，影音全能雙棲，深受粉絲愛戴的美嘉，Never ever.

　　直到《曾經我也想過一了百了》，這首唱進我心裡的歌。

　　2010年，出道滿十年的美嘉，不幸患上了咽鼓管開放症，聽力嚴重受損，到幾近失聰的程度。因為聽不到自己的聲音，使她失去了歌唱的完美音準；為了聽到自己的歌聲，她更拼

命用力唱歌，甚至過度使用把嗓子弄傷，失去了原本充滿魅力的嗓音。

聽力、音準、嗓音，歌者最仰賴的核心能力，一夕完全崩毀。那年，美嘉宣布因為疾病暫別舞台，停止所有音樂活動，說完抱歉後的5分鐘內，她在台上一句話也說不出來，痛哭不止。

到美國求醫的結果令人失望，醫生判定為無法治癒、不可逆的傷害。但美嘉並沒有向現實低頭，還是像往常一樣，每天堅持練習唱歌。她常常坐在公園的長椅上流淚，哭完了，就練習發聲，練完了，再繼續哭。終於在2011年，聽到了她要復出歌壇的消息。貝多芬在聽不到聲音的條件下作曲，還能稍稍理解，但聽不到聲音的情況下唱歌，就是另一件事了。因為聽不見自己的聲音，就沒辦法精準掌握發聲力度，中島美嘉每一句都唱得好用力，音準走調、高音破音，媒體甚至用「鬼哭狼嚎」來形容她的演唱。

「中島美嘉不會唱歌了嗎？」
「中島美嘉乾脆直接引退啦！」
「走音成這樣，就別唱歌了吧！」
「聽一場高音唱不上去的演唱會，真是浪費錢！」
「中島美嘉這次徹底毀掉了。」

酸民的嘲諷技能，一向都沒在客氣的。但美嘉的意志強大得可怕，嗓音不夠美，高音上不去，那就用無限的情感來填補。她一次一次的排練，一次一次熟悉自己的生理侷限，

然後在有限能使用的音域中，填補進最濃烈的情感。先是在2011年以一首《A MIRACLE FOR YOU》重回舞台；更在2013推出了〈曾經我也想過一了百了〉這首「代表自己心聲的歌曲」。在這個給了她無數力量和榮耀的舞台，她用這首國民神曲，把生命的力量，加倍的還給大家。

據日本厚生勞動省的統計，全國自殺的人數確定值，已經連續10年下降。很多人說，大概就是中島美嘉帶來的力量吧！她的聲音不再完美，卻帶著深層的同理，更能用力擊中人們心中最悲傷、也柔軟的地方，為心靈受傷的人纏裹傷口。醫生說不行，媒體不看好，鄉民拼命酸，而中島美嘉卻不向宿命低頭。

那麼，關於你的「英文永遠學不好的宿命」是那些因素造成的呢？沒有語言環境嗎？資源不足嗎？不夠聰明嗎？過去不夠認真嗎？太晚開始了嗎？

對對對，你說的都對！但自學者不會向命運低頭。Where there is a will, there is a way. The brick walls are there to give us a chance to show how badly we want something.

只要願意往前，總是有路可走；只要真心想望，必能走向遠方。看見勝過宿命的可能，就是自學者心中的第三個寶藏。

懷抱希望、擁抱潛力、戰勝宿命，是你心中三個寶藏。你已經擁有，無須外求。只要勇敢向前走，願意把自己放在挑戰中，你絕對會發現，你比自己想像的更加偉大。

　　抓到了！我知道歌你還沒聽，往前翻幾頁，
聽聽這首從死蔭幽谷裡，浴火重生的歌吧！在
奶爸推薦的這個版本的演唱中，中島美嘉靠著用力踩高
跟鞋，來數算節拍；靠著觸摸音響的震動，來感知音樂
節奏的動作，真的令人動容。

　　最終，中島美嘉在歌唱結束時，將麥克風高高舉起
後，露出了滿足的微笑，這真是王者歸來、重返榮耀的
human highlight film 啊！

奶爸按：The Human Highlight Film 人類精華影像，原是 NBA 灌籃
名將 Dominique Wilkins 的江湖名號，用在這裡毫無違和感，就借我
用一下吧！

4

知己知彼關

英語學習迷思大掃雷

希臘神話中，海妖是美麗而危險的存在，他們用天籟般的歌喉，魅惑來往的水手，使得水手傾聽失神，航船觸礁沉沒。語言習得的旅程裡，也有很多迷惑人心的海妖，我們稱之為「語言學習迷思」（Language learning myths）。這些迷思，使我們在學習的過程中迷航。輕者半途而廢、無功而返，重者損其心志，從此認定自己「此生與英語無緣」、「我就是沒有語言天分」。

語言學習是場偉大的戰鬥，這場戰鬥有很大的一部分，是在頭腦中，這是一個心思的戰場。因此要贏得戰鬥，取得戰果，很好的出發點是消除心思裡的限制性信念。在這個章節，我們要挪去錯誤認知，還你本來面目；只要方法正確合適，只要願意持之以恆，你真的可以學會任何語言。

迷思 1　學習第二語言必須從小開始

早點開始學，確實有些好處，但哪件事情不是如此？周杰倫四歲就開始學鋼琴了呢！但是你有想過周杰倫的求學歷程，其實充滿挫折嗎？他在音樂技能點好點滿，勢必就壓縮了其他領域的學習，學科成績一直不甚理想。所以，**重點不是早一點開始，而是時間用在哪裡**，「時間用在哪裡，成果就在哪裡。」

成人語言學習者，也可以成功習得目標語言。最近的研究表明，許多20歲以後才開始學習的人，最終的學習表現，

與那些從小就開始學習的人一樣好。所以，什麼時候都不晚！（Michael 老師約莫24歲，重新開始學習英語。）

研究發現，在學校環境中，年齡較大的孩子是更好的語言學習者，因為他們有較好的學習技巧，邏輯能力也較好。而年齡較小的孩子，則是在學習正確發音方面更有優勢。事實上，麻省理工學院的科學家發現，語言學習的黃金年齡，一直延伸到18歲，這比以前想像的要晚。（出處：A critical period for second language acquisition: Evidence from 2/3 million English speakers. ）

無論什麼時候開始，你願意花多少時間投入，才決定了你學習成就的高度。如果你悔恨黃金時期已經過去，我想把火星爺爺的話送給你：「**過去如何不重要，你可以拋棄繼承，停止把昨天的命運，讓渡給今天。**」我們一起，重新出發吧！

迷思 2 學習外語，最好的方法是去國外旅居

這個迷思，對，也不對。

在專案管理領域，有個管理需求資源的莫斯科排序法（MoSCoW analysis）按照需求條件的優先順序，將條件分成四類：

1. Must have（Essential needs）
必要條件，不能沒有你。

2. Should Have（Important, not essential）
重要條件，最好能有你。

3. Could Have（Nice to have）
充要條件，有你會更好。

4. Won't Have（Not needed right now）
非關條件，沒你也沒差。

國外旅居是語言學習的充要條件（nice-to-have），而不是必要條件（must-have）。有的話很好，沒有的話，也有執行成功的可能。

我有很多學員，都曾認為身處異國，是學好目標語言最好的方法。如果能夠有機會到國外，沉浸在目標語言的環境中，大量實地操練，當然是美好無比。但常見的現實卻是：**有時間去的人，通常缺預算；有預算去的人，通常沒時間。**

事實上，很多美國外來移民，都沒有經歷「自動化升級英語力」的奇蹟。他們一開始都是說著「能溝通，但文法不甚正確的英語」。例如：

- 茶是他泡的嗎？
（X）He make tea?
（O）Did he make tea?

● 我可以幫你。

（X） I help you.

（O） I will help you. / I can help you.

類似這樣的錯誤，無傷大雅，還有進步的空間。雖不完美，但願意開口說錯，比不願、不敢開口好100倍。

麥特戴蒙（Matt Damon）主演的電影《縮小人生》中，由周洪飾演的越南難民陳玉蘭，她符合人設的對白，是很鮮明的例證。我非常喜歡玉蘭這個角色，在困境中仍不放棄生存，在缺乏中仍顧念更困苦的朋友。我們來看看她在電影中的一段對白，順便學習如何將句子說得更好。

場景是：保羅（麥特戴蒙 飾）在他的朋友的公寓中作客，玉蘭（周洪 飾）是該公寓的鐘點清潔工，一面打掃、一面搜刮屋主過期的藥物。

● 玉蘭：「這些藥過期了，我幫你清理、丟掉。」

These medicine too old. Too old. I clean, take away for you.

Be動詞、助動詞、受詞，一律省略，能溝通就好；過期expired不會說，直接用 too old 來表達。

→**These medicines are expired. I will clean and take them away for you.**

- 玉蘭：「這一罐呢？這一罐是治療什麼的？」

And this one, what this one do?

疑問詞、介系詞、助動詞，一樣被省略了。

→ **And how about this one, what does this one do?**

- 保羅：「那罐是維柯汀（麻醉性鎮痛藥）那也是止痛藥，但那罐要小心使用。」

That's Vicodin. That's also a pain killer, but it's, well, you want to be careful with that one.

文法無誤，斷點僅是語氣上的停頓。

- 玉蘭：「止痛藥，止痛藥能派上用場。」

Pain killer? Pain killer good.

→ **Pain killer? Pain killer is good.**

一樣少了Be動詞

- 保羅：「其實，這不是我的公寓，我也知道你可能很疼痛，但我認為你不應該偷拿藥。」

You know, this isn't my apartment, and I know you're probably in a lot of pain, but I don't think you should be stealing pills.

文法無誤

- 玉蘭：「我沒有偷，那些藥都過期了、不能吃了。杜桑先生說我可以自由地拿些東西，止痛藥是為了我的朋友拿的。」

I no steal. They too old, no good.

Mr. Dusan, he say me okay I take away things. Pills for sick friend.

> 對話發生的背景，是玉蘭的朋友重病垂死中。

助動詞、Be動詞、所有格、關係代名詞，有缺漏。

→ I did not steal. They are too old and no longer good to take.

Mr. Dusan said that It's okay for me to take away things. Those pills are for my sick friend.

　　玉蘭的文法瑕疵，是許多美國移民的縮影。我並不覺得這是重大錯誤，反而非常欣賞他們願意先開口，願意去說錯。舉這個例子，並不是要證明出國旅居沒有用，而是想說明**出國旅居最大的好處：提供大量犯錯的機會。先有說錯，才有機會越說越正確。**

　　如果你有臉皮、有動力，在臺灣也能創造出犯錯的機會。語言交換的場合、Toastmaster 英語演講會、與外國同事尬聊、社群媒體交友、參加小班制的英語學習班，都是比「出國旅居」更容易執行、費用更低的方案。先從這裡開始吧！

※詳見「12.學以致用關：從一個人到一群人的學習旅程」，有更清楚的說明。）

迷思 3 學習外語，就從開口說開始

「學習外語，最好的方法就是不斷地說。」 這可能是語言學習領域裡，最常聽到的老生常談。開口說英語，本身並沒有錯，但是在開口前，還有些基本動作要做。

說話就是模仿，當我們學習母語時，我們不會自己創造文法、詞彙和發音。我們使用的，是與父母、長輩相同的文法、詞彙和發音。同理，當你嘗試學習一門外語時，你的目標就是**模仿母語者的語法、詞彙和發音，讓你的說話正確、通順、自然。既然是模仿，輸入足量、適用的文本資料和聲音資料，其實才是正確的第一步。**因此我都會鼓勵學員，先從一本對話書、一片CD開始，以句子為單位來學習，模仿句型、用字正確的句子，一句一句，充實自己的語言彈藥庫。

「先聽才有說，多讀才能寫。」 聽、說、讀、寫是語言學習的進展路徑，無法繞道而行，也沒有捷徑可以走。

累積了足夠的彈藥，有了基本的語法知識後，我們就能透過實際的口說應用，來提升這幾項能力。

口說練習，能提高我們的**流利度**。透過口說時提取記憶的過程，將我們所累積的文法、詞彙和發音知識，從慢速硬碟區，轉移到快閃記憶體。經常性地進行提取練習，你會發現原來琅琅上口、脫口而出，真的不只是成語而已。

口說練習，能鍛鍊我們的發音機構，**提升發音準確度**。要準確地發出一個聲音，需要唇、齒、舌、口腔肌肉的配合，這件事情沒辦法「看書」就學會，你就是必須親身投入練習，用身體學會它。**發音要漂亮，練習要足量。**

口說練習，能幫我們**擴展詞彙量**。你有沒有想說卻說不出來單字，想講卻講不上來的句子？ 這些就是我們的盲點，是還沒有確實掌握的語言資產。每次卡住的點，其實都是我們擴增詞彙的好時機。在當下記住盲點，或趕緊用紙筆、app記錄下來，方便有空時查字典、問 Google，逐步消除知識盲區。

口說練習，能幫我們**提升膽量和勇氣**。看著金髮碧眼的外國人，說出合宜的對話，是非常興奮且刺激的體驗。勇敢創造使用語言的機會，即便只是跟高鐵站、火車站的外國人打招呼也很好，這些點滴累積的勇氣，會讓你越來越喜歡自己，也會激勵你繼續學習。

先聽再說，先讀再寫，不要繞道，才是王道。

迷思 4 你不是母語者，所以一定會有「腔」

我們先**定義一下發音、口音、與腔調的差異**。**發音**是一個語言裡約定成俗的聲音規範，每個音位必須被正確的發音出來，沒有發音準確，會造成意義上的誤解。**口音**則是在可接受的範圍之內，每個地區的人對於同個音位一定程度的變化，例如 ： 英國口音、美國口音、澳洲口音。

腔調則是非母語者，在學習第二語言時，因為自身母語的發音習慣，伴隨而來的發音特色。腔調只要不影響溝通，我認為無傷大雅，但如果認為腔調是不可能減輕的，進而放

棄了改善的可能，那這就是個迷思。

我們的目標不是擁有母語者般的口音，而是在可能的範圍內，降低腔調的干擾，模仿出目標語言裡聲音元素的細節。**因此，請將目標放在把聲音發完整、發準確。** 發音漂亮，會使你產生成就感，也會越來越喜歡這個目標語言；更重要的，你會越來越喜歡這麼認真的自己。

臺灣曾經紅極一時的政治模仿秀《全民大悶鍋》、《全民最大黨》，裡面許多的喜劇演員，能夠傳神模仿政治人物的聲線、咬字、聲音表情。英國演員休‧勞瑞（Hugh Laurie）在《怪醫豪斯》（House）中，能夠完美揣摩美國口音，幾乎很難察覺它本來的英國腔。

模仿是本能，因此發音的精進，不是能不能，而是願不願。你不一定能成為模仿秀的嘉賓，但我真的相信，**我們都有模仿聲音的天賦，我們就是透過模仿，慢慢學會母語的。** 那一個偉大的語言學習者，其實還在你裡面，只是等待著被喚醒而已。

過程中很好的輔助工具，會是錄音筆或是手機的錄音app。你可以選擇一段聲音檔，或是YouTube影片，長度不用太長，1、2分鐘也行，**重點是要有字幕或逐字稿。** 選擇影片的標準很明確：演員、歌手、名人，他／她的聲音，是你非常欣賞，而且想要擁有的。

你可以用這幾個步驟，來進行操練：

❶ 將這段聲音聽熟，把聲音細節聽清楚。

❷ 進行有稿跟讀，看著稿，追上聲音的速度，同步仿述出來。

❸ 進行無稿跟讀，不看稿，追上聲音的速度，同步仿述出來。

❹ 不播放聲音檔，自己唸，並錄下自己的聲音。

❺ 播放錄音成果，並與模仿的音檔進行比對。

❻ 修正聲音不同處、或明顯有卡頓的地方

❼ 再次錄音、修正，直到達到心中的完美。

提供幾個讓人一聽傾心的聲音，給大家參考：

摩根・費里曼（Morgan Freeman）2010年美國電影學院終身成就獎，代表作品有《刺激1995》、《火線追緝令》、《王牌天神》、《一路玩到掛》，擁有上帝觸摸過的聲音，靠聲音就足以成為經典的神級存在。旁白界的絕對帝王，句點。（The king of narration, period.）

「抖森」 湯姆・希德斯頓（Tom Hiddleston），跨足電影、電視劇、舞台劇及廣播劇，畢業於英國皇家戲劇藝術學院，因飾演《雷神》中的洛基而走入公眾視野。擁有光唸圓周率的數字，就讓粉絲心臟少跳一拍的性感聲線。

班奈狄克・康柏拜區（Benedict Cumberbatch），英國演員、製片人，艾美獎最佳男主角獎得主，用聲音就能讓你記住他。主演電視劇《新世紀福爾摩斯》而聲名大噪，代表作品還有《奇異博士》、《模仿遊戲》、《犬山記》等。

以下這幾個名字，也可能有你喜歡的聲音：Liam Neeson, Jeff Bridges, Sean Connery, George Clooney, Anthony

Hopkins, Samuel Jackson, Christian Bale, Alan Rickman, Christopher Walken, Donald Sutherland......各自精采，都在江湖上赫赫有名。

也與大家分享幾位，聲音非常有辨認度的偉大女演員：

「梅姨」梅莉・史翠普（Meryl Streep）奧斯卡最佳女主角獎、奧斯卡最佳女配角獎，美國影史上最偉大的女演員之一。以駕馭並投入各類型角色扮演，並且自然地轉換不同口音而著名。代表作品有《麥迪遜之橋》、《媽媽咪呀》、《穿著Prada的惡魔》等。

凱特・溫斯蕾（Kate Winslet）英國知名演員與歌手。較為人熟知的作品是《鐵達尼號》的女主角蘿絲，以《為愛朗讀》獲得第81屆奧斯卡金像獎最佳女主角獎。聲線是溫暖的中音，帶著英倫的優雅氣質，不只是卓越的演員，還曾以朗讀兒童有聲書合輯，拿下葛萊美獎。（Listen To The Storyteller: A Trio of Musical Tales from Around the World）

茱蒂・佛斯特（Jodie Foster），美國女演員、導演及製片人，在30歲前兩度獲得奧斯卡影后。最為人所知的角色是《沉默的羔羊》中的FBI實習探員，並以此角色獲得奧斯卡最佳女主角獎。她的聲音一如其人，都給人有聰明、專業、睿智的感覺。

以下這幾個名字，也可能有你喜歡的聲音：Cate Blanchett, Emily Blunt, Anne Hathaway, Emma Thompson, Scarlett Johansson, Anna Kendrick, Gwyneth Paltrow, Sarah Jessica Parker, Angelina Jolie, Diane Lane.

身為第二語言學習者，我們不可能擁有100%的完美口音，就算你叫郭子乾來也不行。但經過刻意的練習，你一定可以擁有清晰、悅耳的發音。

鼓勵大家，從上面的名字裡，選擇一位當作聲音楷模，找到一段你喜歡的影音，開始模仿吧！「箭頭對準月亮，至少射得中老鷹」，精進發音，我們從模仿開始。

迷思 5　語言學習，存在著終極必殺最佳解

我們活在一個充滿「大師」的時代，時不時就有人宣稱，他握有宇宙的奧祕、必勝的公式、終極的聖杯。身為一個基督徒，我從來不敢聲稱，我握有他人不知的真理，我只是個有過成功經驗，稍稍走在前面一點的平凡人。

這個快速的工商社會，試圖教育我們三件事情：

❶ 有實現目標的最佳方法，有解答問題的唯一答案，當我們找到它時，我們就一定會成功。

❷ 在你和成功之間，存在著一條省時省力的通天捷徑。

❸ 我們應該始終相信專家，而不是我們自己的個人經驗。

但很多偽專家，卻是專門騙人家。

無論是承諾快速減脂的藥丸、穿著就能瘦出八塊腹肌的緊身衣、讓您快速致富的股市神奇交易法、睡一覺就能增加單字量的神奇音頻，You name it.

　　Wake up. 醒來吧！**沒有奇蹟，只有軌跡；認真鍛鍊，才有腹肌。不用努力就能擁有的東西，除了年紀，就只有體脂肪而已。**

　　There is no magic pill. There is no silver bullet. 沒有靈丹妙藥，重點一直都是「你夠不夠想要。」

　　如果你在打開用Google搜尋「語言學習策略」，你會得到無窮無盡的方法、策略、建議，而且，每一個都聲稱自己是最佳策略。

　　真的嗎？ 還是，只是在特定環境中，對特定的人們有效。語言學習領域裡，沒有絕對正確的方法，**只有相對科學、更適合自己的學習方式。**

　　本書提到的方法、理論，都是我深思熟慮、親自操練，有些甚至已經成為生活習慣的。他們不一定是最好，但做為一個資深英文魯蛇，這些方法，幫助在我非科班、沒出過國的背景下，學會使用英語，應當有些參考價值。

　　但是，不管你有多麼相信我，你只能通過行動來親自驗證。邀請你來試試看我走過的路，往前走、往前走，你一定會遇到我。我才出發沒多久，我還在路上，我在前面等你。

5

基本動作關

砍掉重練第一關，自然發音或音標

「Michael老師，如果我要重新學習英語，我應該要學KK音標，還是選擇自然發音（Phonics）？」

這不是寫文章時的虛擬提問，而是我的理髮師高小姐，真實遭遇的問題。她說：「以前讀書的時候，覺得英文好難、老師好兇，也不知道是怕英文，還是怕老師，總之最後我就放棄了。現在如果想重拾書本，我該從哪一個開始？」

高小姐遇到的問題，可能也是很多人的困境。我曾經是兒童美語、國中文理補習班的老師，兩個我都教過，知道各自的優點，我有教學現場的第一手觀察。所以我想透過這個章節，來指出三個方向，供大家評估參考，選擇出最適合自己的路線。

我們先從在臺灣最常聽到，你也學過的KK音標開始：

KK音標，由美國學者 John Kenyon 與 Thomas Knott，依據美式英語發音而制定，並以兩人的姓氏為名。KK音標，可以理解成中文的注音符號或是羅馬拼音，它是用來**「標註聲音」的輔助工具，幫助學習者能掌握詞彙的正確讀音**。為什麼需要這樣的標註系統呢？因為無論英文或中文，都有很多發音的例外。不信你看！

著 {
ㄓㄨˋ：著名、著稱、顯著
ㄓㄨㄛˊ：著裝、穿著、著實
ㄓㄠˊ：著火、著迷、睡著
ㄓㄠ：著涼、著急
˙ㄓㄜ：坐著、瀰漫著、牢記著
}

一個「著」字，總共有五種讀音，如果你是正在學中文的老外，你會不會「著」急到懷疑「著」人生？不只中文如此，英語的發音裡，也有許多例外，以ch為例。

❶ 發 [tʃ] 音，基本款，大致上不會唸錯。

cheese [tʃiz]
乳酪

charm [tʃɑrm]
魅力

beach [bitʃ]
海灘

church [tʃɝ tʃ]
教堂

❷ 發 [k] 音，沒有明顯規律，遇到認命牢記。

chemistry ['kɛmɪstri]
化學

chaos ['keɑs]
混亂

headache ['hɛd'ek]
頭痛

Michael [`maɪk!]
麥可

❸ 發 [ʃ] 音，少見讀音，有時是法文外來語。

Chicago [ʃɪ'kɑgo]
芝加哥

chef [ʃɛf]
主廚（法文）

Chanel [ʃa'nɛl]
香奈兒（法文）

Michelin [mɪ'ʃɛ lɪn]
米其林（法文）

心裡亂不亂？我還沒加上來自德文外來語，發音為 [h] 的古典音樂大師巴哈呢！（Bach [bɑh]）

相較於自然發音法，KK音標是個有效、準確的標記系統，由17個母音，24個子音，共計41個符號組成。如果熟悉這41個符號的唸法，那麼看到由KK音標標記的聲音，就像看到ㄅㄆㄇ注音符號一樣，不一定知道這個字的意思，但一定能讀出正確的聲音來。

比如：齜（ㄓㄚ）、鬮（ㄐㄧㄡ）、曡（ㄊㄨㄛˊ），我們雖不知道字義，但藉由注音符號的輔助，一定能唸出正確的聲音來。問題來了，你的中文學習目標，是學會ㄅㄆㄇ，還是學會字該怎麼寫、怎麼使用？想必是後者。因此KK音標不是目的，它是我們的輔助工具，幫助我們達成「見字能讀，拼字正確」的目的。

對於成人學生而言，我會建議學習KK音標，因為英文單字的唸法，有各種特殊的例外；音標卻沒有例外，怎麼標記就怎麼唸。花點時間熟記這41個音標符號，是很值得投入的時間。

如果你想從這裡入門，我推薦的延伸學習教材，是周育如老師在YouTube上的免費教學影片，雖然攝影設備陽春、沒有華麗的聲光效果，但是說明清楚完整、內容歷久彌新。以免費的內容而言，這段真的頂天了。

周育如 K.K 音標英文教學 （自然發音）

 亦可於 YouTube 搜尋關鍵字

接下來我們談自然發音法（Phonics）：

Michael 老師是六年級生，我們這一輩的孩子，小時候學的是KK音標。等到我進入職場，開始教兒童美語時，自然發音法逐漸成為顯學，幾乎連鎖體系的兒童美語學校，都開始以自然發音為主軸，來發展學童的發音能力。

是KK音標落伍了嗎？不，是時空背景不同了。當年我們學英語，通常是國小五六年級時，去上「英文正音班」，目的是希望讀國中時，能夠順利銜接國中英文教育。由於必須在短時間內，學習單字的準確記憶，並且掌握英文的基礎發音，因此選擇 KK音標作為入門工具。

現在的小朋友，通常幼稚園就開始學習英語，他們有較長的時間，接觸他們的第二語言。在全美語教學的環境裡，孩子甚至是從幼稚園時期開始，就能自然地與外師相處，聽外師說話，模仿外師說話的聲音。

因為有**長時間的接觸**，所以他們有機會把自然發音法，**內化成為直覺反應**。看到一個字彙，不需要透過音標系統的轉譯和輔助，就能夠把字直接唸出來。這就是自然發音法，被大多數的兒童美語學校採用的原因。

我在教學的現場，的確發現學自然發音的群體中，學習良好的領先群，在讀繪本時，能夠憑著直覺，看到哪裡就念到哪裡，跟凌晨三點的臺灣大道一樣，順暢無比。

不過，在群體中程度較落後、沒有跟上的孩子，在讀國中時，常會遇到「聲音會唸，但拼字不夠準確」的情形。這樣的情形，會造成他們在考試時非常吃虧，特別是在文意字彙、翻譯的大題，常因拼字的錯誤而失分。失分不打緊，但

分數扣著扣著，可能會扣到失去信心、失去興趣，這就真的
嚴重了！

　　單字背不正確的癥結點在於，學習落後者在聲音與字母
的對應上，缺乏準確的連結能力。這時若輔以KK音標的學
習，則能改善單字背不準確的問題。如果是現在的小朋友，
由於接觸時間長、不急於求成，建議可以學習自然發音法。

　　小朋友只學「自然發音法」真的夠嗎？如果沒有學習落
後，自然發音法足矣。以英語為母語的孩子，從來就沒有刻
意學習KK音標呢 ！ 想從自然發音入門，我的推薦延伸學習
會是這本書：**《打通英語學習任督二脈：英語名師Lynn的自
然發音課》**

　　　　　　內含1片發音教學DVD + 1片MP3，超有誠意。

　　**最後，我們談第三條路，另闢蹊徑的《臺灣雙語注音符
號表》。**

　　KK音標很多人談，自然發音很多人教，《臺灣雙語注
音符號表》卻是臺灣特有種，One of a kind.

　　這套標記符號，是由「臺灣雙母語學殿」創辦人蕭文乾
博士，與他的團隊研發而成，把「注音符號表」加以改良，
將原本的37個符號（聲母21個、介音3個及韻母13個），增
添了29個美語會用到的音素符號，成為了66個符號的《臺灣
雙語注音符號》。

　　蕭博士是北京清華大學外文系翻譯博士，是中文、英文
都極為精通的奇才，他的用字遣詞無論在文意上、音韻上，
都是精雕細琢，讀來有滋有味。才氣之高，甚至能將《莎士

比亞十四行詩》，翻譯成中文的七言絕句。

　　第一次知道蕭博士，是學員向我提起；深度認識他，始於好友謝宜臻老師，在臉書上推廣他的理念；實體相會，則是博士到家裡來拜訪，一見如故，相見恨晚。

　　「抬頭愛仰望，彎腰信插秧。」 博士用一副巧妙對聯，將「臺灣」和「信望愛」包覆進理念中。他是對臺灣的「雙母語」教育，懷有深刻負擔，抱有遠大夢想的人。他真心在乎孩子，特別是資源相對缺乏的孩子。蕭博士認為：「學習外語必定受到母語的影響，透過母語模擬、標註外語的發音和聲韻，是再自然不過的事情。」然而原本的37個注音符號，不足以承擔標註美語聲音的任務，於是加入了29個美語聲音，讓這套符號能精準地標註美語聲音。

　　「從已知學未知，從母語到外語。」 這套系統以學童熟習的注音符號為架構，讓已經對注音符號熟悉的孩子，特別是起步較晚、資源相對缺乏的孩子，能更有安全感地學習正確發音。

　　以th的常見發音[θ]、 [ð]為例，原本的注音符號裡沒有這個聲音，蕭博士為它加上標記，添加進系統裡，如附圖編號40和41。

　　在我投身成人英語教育的這些年裡，的確常常遇到在這兩個聲音上，發音、咬字有遇到困難的學員。因為母語裡沒有，因為沒有經常使用，所以要發出正確的音，就會需要刻意練習。

臺灣雙母語注音學統

臺灣雙母語注音符號表　子孫版

Taiwan's MLingual1 Chart

For you, for me, Formosa; for kids.

語韻的韻母（英語的母音）

語韻的聲母（英語的子音）

符號說明

內由音	food
例頭音	tea
喉後音	God	thanks
趾去音	cheese
頂舌音	lady
黏舌音	city
硬舌音	tea	day
翹音	Mom	job

語調：1·2·3·4·樣
普頭聲母·英語聲母 (66)
白色：英語有·華語有 (37)
底紅：來語有·華語無 (29)

▲圖片來源：臺灣雙母語研究學會

完整版介紹

74

蕭博士認為，應當讓孩子**針對美語有、而華語沒有的音素，多加練習**。在他的系統裡，主張「萬丈高樓・吐舌頭」。要蓋好英文這座高樓，第一步就是讓孩子的口腔肌肉習慣「吐舌頭」。把母語裡面根本不存在的最小音素，儲存在大腦裡、內建在口腔肌肉裡。

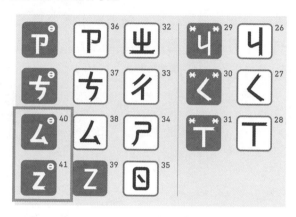

　　這兩個聲音，他教孩子用吐舌頭的方式，唸華語的「三十三」。用孩子最熟悉、最有安全感的母語「三十三」來引導孩子把吐舌頭的動作，練成不假思索的習慣，讓反射腦接管耳朵和口腔的基本功能。你現在就可以試著吐舌頭唸唸看，也可以透過下面會提到的【33吐舌歌】，來掌握這兩個聲音的發音要訣。

　　三條路線，供君參考。重點是，不管是自然發音法，還是 KK 音標，甚或是臺灣雙語注音，都只是工具。我們最終的目的，是提升對聲音的敏銳度，進而說出清晰、易懂的英語，達到彼此溝通的目的。

　　不論你最終選擇的是哪一個方法，遇到**想記下的新單字**時，我都鼓勵你一定要這樣做：

❶ 抄寫一次在你的隨身筆記本裡。── 或打字在你的筆記 App

❷ 善用線上字典的發音功能,把發音仔細聽清楚。

❸ 看著單字,跟讀10遍以上,線上字典發音一次,你就重述
一次,至少唸10次,這個步驟超級重要,絕對不可省略。

　　別讓單字只成為視覺記憶,**寫下來、聽清楚、唸出來,
把聲音和拼法連貫起來,把正確音檔內化進你的語料庫裡,
它們才會真正成為你的好朋友!**

Michael
老師
微補充

　　蕭博士在 YouTube 上,發布了許多免費的
影片,推薦從這幾首可愛的注音符號歌曲開始:

● 【臺灣雙語注音歌】
66個華語聲音和美語聲音,一起唱給您聽!

我家孩子們私心最愛的一首

● 【33吐舌歌】

大人也適用的發音練習

● 【88音功夫歌】

　　夥伴們也可以利用 Google 搜尋:開星門教育,獲得
更多資訊。(利益揭露:非業配,是真實感佩。)我自
己參與過開星門教育的調音體驗,即便已經教了多年英
語,仍有許多令我驚豔的收穫,許多不夠準確的發音,
很有效率地調整過來。如果你的孩子,甚至是你自己,
在傳統的發音學習裡,一直碰壁,找不到學習的訣竅,
我相信這第三條路,會是一帖良藥。

6

口齒清晰關

不求字正腔圓，但求口齒清晰

發音，是語言學習最基礎的一塊磚，卻也是很多人不敢開口講英語的因素之一。如何破解？這個篇章從心理、生理這兩個層面，由內到外，拆解這個難題。

心理面 接受自己發音不完美的事實

發音正確最重要的心理認知就是：接受自己發音不完美的事實。對於第二語言學習者而言，發音不完美（甚或帶著明顯腔調），本來就是正常的。

比方說以日語為母語的英語學習者，就常容易發不準R的聲音，大部分的人，都會將它唸成接近 L 的聲音，因為日語的五十音系統裡，R就是被唸成接近L的聲音。所以，發不準是正常的，本來就應該發不準嘛！

發音準是天縱英才，發音不準才是理所應該。

生理面 訓練唇、齒、舌與口腔肌肉的協調性

心理層面先接受不完美，明白不足之處，生理層面就能夠透過刻意練習而突破。

以L／R不分的狀況為例，可以刻意找出這樣的繞口令（用 L R tongue twisters 為關鍵字來搜尋）：

Jerry's jelly berries taste really rare.
A really leery Larry rolls readily to the road.
Lassie Lilly likes Ronny's rulers.

　　然後，常常放在嘴邊練習。先放慢速度好好地把字咬正確，再逐步加快語速，訓練唇齒舌咬字變化的協調性。

　　強烈建議配合錄音app或錄音筆，檢視發音是否有越發越正確。通常我們在自己說話的同時，很難敏銳聽出發音的錯誤；聽不出來，就難以糾正。「錄下來，仔細聽，刻意改」這個循環一旦建立起來，進步指日可待。

突破發音瓶頸的有效操練：不斷做回音法練習

　　其實，每個人的發音盲點都不盡相同。以華語為例，有人是ㄅㄢ不分；有人是一ㄩ不分；有人則是捲舌音發不準。只要把它們抓出來刻意練習、修正，發音正確的生理條件，就能被訓練起來。

　　怎麼做呢？請多加練習大神級外籍教師史嘉琳，被多方驗證有效的方法——回音法。藉由有意識的聆聽和模仿，你會發現你的口說能力有感進步。

　　所謂「回音法」就是聽到一句英語之後，先暫停，然後在心中重現剛剛這一句話，接著再把這句話如回音般，盡可能模仿到百分之百的地步，大聲唸出來。「回音法」的具體操作方式如下：

❶ 選擇適合模仿的音檔或影片，長度1～3分鐘為限。

❷ 播放要進行回音訓練的內容，以一句為原則。

❸ 聽到一句英語之後，不要急著覆述出來，先暫停片刻，在腦海中重現剛剛聽到的聲音。

❹ 把自己當成模仿秀的參賽者，盡可能把這段「心裡的回音」，百分之百地模仿出來。

❺ 錄下覆述的聲音，並與原始聲音檔對照。

❻ 調整自己的咬字、發音習慣，透過重複的修正、改善，即能有效磨練出漂亮的發音。

❼ 以10分鐘為限，無論回音練習了幾句，時間一到立刻收工。

發音的調整，肌肉記憶的建立，需要時間來發展，**每天10分鐘的短時高頻練習**，會比週末卯起來練70分鐘，更有效87倍。練習時，建議以桌上型電腦或筆電，搭配智慧型手機一起操作。以電腦來播放要模仿的聲音（時間軸比較好操作），手機則當做錄音設備，這樣的器材配置，能讓回音法的訓練，更加順手。

開始練習前，強力推薦你仔細聽完，史嘉琳教授在TEDx的演講，你會更清楚回音法的細節與效益：

如何用回音法學好英文口說

7

金曲歌手關

K 歌 K 出好英語

要提升英語口說的咬字清晰、音調掌握、聲音表情，除了上一篇提到，我非常推崇的「回音法」以外，還有另一個娛樂性很高的學習方法——K歌歡唱法。

我們能通過唱歌學習一門新語言嗎？當然可以！我第一次認真學習日語歌，就是想把灌籃高手的主題曲《好想大聲說喜歡你》記起來。那時還是個國中毛頭小子，沒有任何日語五十音的基礎，硬是用注音符號，把整首歌聽寫下來，時不時看著聽寫稿哼唱，還真唱出了幾分樣子呢！

By the way，如果真想學五十音，激推我的日語老師王心怡老師的大作《日語50音完全自學手冊》，學會五十音後，就能精準標記日語發音，不需要再用ㄅㄆㄇ了。

琅琅上口的洗腦神曲，英文的說法是 This song is going to get stuck inside your head, it's such a catchy song. 意思是歌詞很容易記，曲調像口香糖一樣，黏在你的記憶裡。

但是，單純被動聽歌和利用歌唱來學習，效益有很大的差別。這個章節，我們來談歌曲對學習的效益，以及歌唱的具體操作步驟，來提升你的口說流利度。透過歌曲，可以學到文化、口音、俚語，這幾個領域的知識：

文化領域

英文歌曲的歌詞，充滿了文化、典故的引用。Don McLean 的吟遊式神曲 "American Pie" 裡，就充滿了各種符號和象徵，彷彿你可以用一首歌的時間，進入1960-1970年

代，看盡才子佳人的起落。我們來看開頭的幾句，加底線的文字是押韻處：

A long, long time ago, I can still remember
　我仍記得很久以前

how that music used to make me smile
　音樂如何帶給我快樂

And I knew if I had my chance
That I could make those people dance
　所以，如果可以，希望我的音樂也能使人起舞

And maybe they'd be happy for a while
　就算只是短暫的忘卻煩惱也好

But February made me shiver
With every paper I'd deliver
　但那年二月我痛苦到要死
　伴隨著我遞送的每份報紙

Bad news on the doorstep
I couldn't take one more step
　瞥見門階上的報紙，映入眼中的是難以承受的噩耗

Don McLean 喜愛的歌手 Buddy Holly，在飛機失事時喪生

I can't remember if I cried
When I read about his widowed bride
　讀到他即將成婚卻失去新郎的未婚妻
　我不記得我是否哭了

But something touched me deep <u>inside</u>

　　但心裡有個強烈的感受

The day the music <u>died</u>

　　我知道當他離開那天，音樂也死了

　　歌曲就像通往文化的窗口，展示了人們的生活方式以及他們對世界的看法，這是課本裡不會教的英文。（"American Pie" 值得一聽，值得推敲，YouTube上就有喔！）

口音領域

　　英國、美國、澳洲的人們，都以英語為母語，但卻有非常不同的口音。臺灣的英語學習者，除非特別準備過IELTS雅思考試，大部分的人最能辨認、聽懂的，其實都是美式英語口音。 透過不同地區的歌手，從他們的歌聲中，我們可以<u>拓寬我們的「口音識別光譜」</u>。　這個詞我自己發明的

　　澳洲國民歌手John Williamson的成名曲，描寫澳洲人的樂天開朗、及時行樂、情義相挺的 "True Blue"，不只有濃濃的澳洲腔，還有滿滿的澳洲情懷。

Give it to me straight, face to face

　　直接敞開來說了吧！

Are you really disappearing
你們真的快要消失了嗎？

Just another dying race
就像另一個垂死的種族

Hey True Blue
正港的澳洲人啊！

　　你在 YouTube 上收聽時，留意他的 straight、face to face、dying race 的母音發音，比美式發音的母音，發音用力很多。什麼是正港的澳洲人（ True Blue Aussie ）呢？我的澳洲朋友給我留下的印象是：真誠、豁達、熱情。想到正港的臺灣人，你想要留給世界的印象又會是什麼呢 ？

俚語領域

　　英文歌詞經常使用俚語和短語，這也是課本裡不常出現，而生活中卻很好用的語言知識。適當使用俚語和短語，會讓我們的英語口語更活潑、更生活化。以 Katy Perry "Roar"（怒吼）的歌詞節錄為例，中文的部分由我翻譯，盡量保留聲韻的美感 ：

I used to bite my tongue and hold my breath
我總吞聲忍氣 小心翼翼

Scared to <u>rock the boat</u> and <u>make a mess</u>
害怕惹事生非 怕事因我而起

So I sat quietly, agreed politely
我安靜地坐著看戲 禮貌地同意所有提議

I guess that I forgot I had a choice
我忘自己 也有選擇的權利

I let you push me past the <u>breaking point</u>
我縱容你 越過了我的底線

I <u>stood for nothing</u>, so I fell for everything
卻不敢挺身而出 任由我的世界塌陷

- **bite my tongue**
  咬自己的舌頭 (意即：有話卻說不出口)

- **hold my breath**
  忍住呼吸 (引申為：猶豫等候，沒有採取行動)

- **rock the boat**
  搖動船隻 (引申為：造成同行者的困擾)

- **make a mess**
  造成混亂 (意即：為別人添麻煩)

- **breaking point**
  底線、臨界點、壓垮駱駝的最後一根稻草

- **stand for something/nothing**
  挺身而出 / 沒有挺身而出

　　光是第一段歌詞，就有六個短語可以學習，含金量超高
啊！

歌詞裡的主人翁，看起來就是個讓人「軟土深掘」的爛好人、受氣包。但這樣的人，一旦找到了自己的命定、找到了值得捍衛的價值時，他的人生就不再一樣了！副歌是這樣唱的：

I see it all, I see it now
　　我看透了，我現在看清了

I got the eye of the tiger, the fighter, dancing through the fire
　　我有著老虎般雙眸、鬥士的魂，在熾焰中我仍翩然起舞

Cause I am a champion and you're gonna hear me ROAR
　　我是天生贏家，我的怒吼，你聽見就會害怕

Louder, louder than a lion
　　會比雄獅還要宏亮

Cause I am a champion and you're gonna hear me ROAR
　　我此生必定閃耀，而你將會聽見我的咆哮

　　Katy Perry的 "Roar"、"Firework" 都是反敗為勝、充滿勵志能量的歌曲。學英文感到疲憊時，趕緊播放來聽，音量給它催下去，大聲跟著哼唱，有活血去瘀、「滋英補洋」的奇效！推薦給大家。

唱出一口好發音的具體操作建議

聽歌很紓壓，但是要跟著唱，才能訓練到發音喔！不要害羞，鼓勵你將你的歌聲錄起來，才能透過模仿、檢視、修正，讓英語發音越發越漂亮。

1 找到自己喜歡的歌曲

建議選一首快歌、一首慢歌，開始你的歌唱練習。唱慢歌，重點在練習準確咬字、學習聲線起伏以及情感的投入；唱快歌，則可操練發音肌群的反應速度。

2 憑直覺朗讀歌詞

在正式聽歌跟唱之前，先就已有的自然發音知識（Phonics），將歌詞朗讀幾次，唸錯沒有關係，稍後跟著唱時，修正過來即可，順便還能透過犯錯、除錯，加深對新單字的印象。

3 使用耳機聽歌詞

不是聽音樂喔！請專心聽歌詞。英語是拼音文字，常搭配著聲音的高低起伏與節奏變化，來使表達的內容更立體生動。使用耳機，能清楚地聽到每個詞彙的細微聲音。**聽得清楚，才有可能模仿到位**，這是訓練發音的第一步。來來來，先戴上耳機吧！

4　一起高聲唱

一起跟著唱時，請**盡可能地模仿原唱的發音**。臺灣人讀得多、寫得少、聽得不多、說得更少。大部分我們的英語學習，都習慣於「被動輸入」的模式，跟著唱出來，是很好的「主動輸出」的刻意練習。

5　錄下你的歌聲，與原唱對照

同步跟唱時，請務必用手機或錄音筆錄下你的清唱歌聲，接著**與原唱對照，找出差異處後**，再進行修正。練習精準發出所聽到的聲音，是每個孩子先天具備的學習能力，讓我們回到小時候，用耳朵和嘴巴，紮紮實實學英語。

6　重播困難的部分

每首歌，都有容易琅琅上口的部分，但也一定會有不熟

悉的片段。有困難，很正常，重播再聽熟就好。你可以記下特定的秒數，方便你在手機或電腦上，重播這些尚未熟悉的部分。**重播、記憶、跟唱，唱到一首歌熟稔於心為止。**

7 存記心中，隨時練習

一首慢歌、一首快歌，任何投入英語學習的夥伴，都應該至少把這兩首歌存記心中，以便隨時都能哼唱。**每唱一次，就是一次完美的發音練習。**

8 終極步驟

你可以設定這樣的目標：「我下次去KTV，一定要點這兩首英語歌來唱。」有了這個挑戰目標，你在練唱時，一定會更加有感、進步更快。

有個重要的提醒，你一定要先確認，你練的那一首歌，KTV可以點到喔！不然真的會英雄無用武之地，活活嘔出兩碗血來。

怎麼找到KTV能點到的歌呢？ Google 「KTV 歌單 查詢」，就可以找到最近最夯的英語歌。查到歌名後，只要上 YouTube 搜尋，在歌名後空一格，再加上 lyrics，你就能找到附有歌詞的MTV影片。

比方說點播率一直很高的 "Call me maybe"，只要在
Youtube 上輸入 Call me maybe lyrics，就能找到附有歌詞的
影片，幸運的話，甚至還能找到中英語對照版，更方便理解
和學習。

- **Google延伸搜尋關鍵字：**
  great songs to learn English /
  great songs for English fluency

推薦練習歌曲

"Do you hear the people sing?"
悲慘世界插曲

　　這首鏗鏘有力的歌曲，是我個人非常推薦的練習標的，
它的節奏明快，歌詞也充滿力量，唱著唱著，不僅能練習英
語，還能唱出信心和勇氣。中文的歌詞是我重新翻譯，盡量
配合著節拍與聲韻，希望你喜歡。加上 ⌣ 的地方，表示發
生了連音，大家可以留意聲音的變化，觀察連音在歌曲裡的
表現。

Do you hear the people sing?

人民的歌聲沸騰

Singing a song of angry men?

你是否也曾聽聞

It is the music of a people

歌聲裡群情激憤

Who will not be slaves again!

我不願再為奴沉淪

When the beating of your heart

心跳動澎湃翻騰

Echoes the beating of the drums

應和軍鼓的回聲

There is a life about to start

呼喚著自由新時代

When tomorrow comes!

在明日誕生

至此為止 Part1

Will you join in our crusade?

加入神聖的抗爭

Who will be strong and stand with me?

堅強地站立一起撐

Beyond the barricade

柵欄也無法阻擋

Is there a world you long to see?

我對新世界的渴望

Then join ‿ in the fight

一同來起義

That will give you the right to be free!

給你捍衛自由的權利

重複 Part1 部分，但更加激昂

除了重複哼唱，還能透過科技的輔助，讓我們更快記住歌詞，並同時進行聽力訓練。推薦這個網站給大家。

https://lyricstraining.com/

這個網站，可以透過手機操作，如果使用電腦網頁版，請點選頁面上方的 GO TO WEB，即可進入網頁。

往下捲動，你會發現 Top Lyrics，這就是江湖上最多人傳唱的歌曲。除了歌手、歌名，我們也可以看到國旗的符號，我們可以透過國籍，大略判斷歌手的口音。

Perfect
Ed Sheeran
4 years | 18133 plays
as7733

As It Was
Harry Styles
6 months | 11919 plays
niccole2099

Just The Way You Are
Bruno Mars
8 years | 10314 plays
paupeaceandlove

我自己在試玩的時候，選了火星人 Bruno Mars 的 "Just the way you are"，這首我很熟悉的歌來練習。點選了歌曲後，會進入難度選擇模式，建議大家從 Beginner 開始，電腦會隨機挖空10%的歌詞，來讓你進行填空練習。"Just the way you are" 這首歌的用字不難，建議大家就用這首來試試看。

左下角有個麥克風的符號，點選麥克風符號的話，系統會將所有的歌詞填滿，再轉換成動態字幕，唱到哪個字，字幕就會亮到哪裡。跟KTV一模一樣，真是尊爵不凡的服務啊！

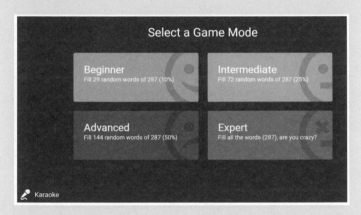

開始前，系統會邀請你申請免費帳號，你可以選擇 Maybe later 跳過，先試用看看再說。

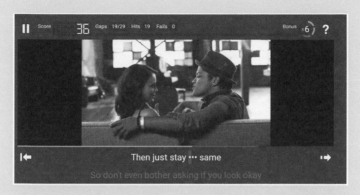

•••的地方，就是要填入的字母和字數，這一題的答案是 the。

　　每唱一句，系統就會自動暫停，讓你有時間填答。如果你在暫停之前就填完，歌曲就不會停頓，會順順地唱下去。若是歌詞很熟，你可以挑戰讓整首歌都不中斷，很有成就感喔！

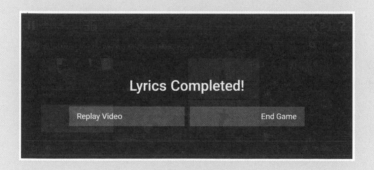

　　挑戰完成！吃鹹酥雞慶祝囉！現在換你試試看。

8

有口難言關

我們與開口說英文的距離

上一個關卡我們談了「如何訓練正確發音」，而發音訓練，不是最終的目的，只是達標過程中的工具。真正的目標，是「提升口說能力」。

　　「口說能力」非常抽象，很多人設定這個目標後，很難制定出能執行的有效行動，因此，有必要將口說能力的內容，切分出重要的組成元素。我們將它拆解為**發音能力、語法語感、詞彙儲備與應用、社交綜合能力**，這四個部分，再來談對應的學習重點。

A. 發音能力

　　具體操作，在「口齒清晰關」已經提及，不再贅述，但有個重要提醒：我們應該以「不讓腔調成為溝通障礙」為目標，來訓練自己的發音能力；而非因為追求完美，反而有了不敢開口的偶像包袱。

　　「心理層面，接受不足；生理層面，努力彌補。」是發音的心法。另外，在練習發音時，你可能會發現外國人在某些字的唸法，和字母表面發音的唸法有落差，那是因為發生了連音、變音、削弱音的變化。這個問題也曾深深困擾著我，所幸在熬過長達40天、共計80次，重複收聽同一卷錄音帶的聽力練習後，終於理出了聲音變化的頭緒。這些聲音變化的規則共有10招，我們姑且就稱它為「麥氏聽力心法」。

　　心法的文字內容，收錄在前作《英語自學王》第一部分第十章。這些發現，在我重新投入學習英語的初期，產生了

巨大的助益，相信也能幫上你的忙。因此，再次提供影片連結，與你分享。

YouTube搜尋請輸入「英語自學王 聽力心法」。

聽力心法
part1

聽力心法
part2

聽力心法
part3

B. 語法語感

　　口說時所使用的句型，其實和寫作時有很大的不同。進行寫作時，為了語字的精準、語句的優美、語義的鋪陳，可能會用到較為複雜的長句，甚至是倒裝的句型。

　　但在口語溝通的場合，其實都傾向於使用**簡潔易懂的句型**，甚至可以這樣說：只要熟悉、活用基礎五大句型，任何人都能無礙地表達自己，達到溝通的目的。

　　所以，培養口說能力時，重點不在於語法概念有多精通，而在於**基礎句型的「熟悉與活用」**，以下分為熟悉、活用兩部分來討論如何訓練。

1 基礎句型的熟悉

對於口語句型的熟悉，推薦的練習方法是<u>以少為多</u>，把一本題材適合、難易度適中，且附有CD的<u>**英語會話書**</u>，聽到爛熟，並且能跟上速度，做角色扮演的對答為止。以這段 Subway 餐廳的點餐對話為例：

店員：**Hi. What can I get for you?**
今天想吃什麼呢？

顧客：**I would like an Italian meatball.**
我想點經典義大利肉丸。

店員：**What bread would you like?**
要選哪種麵包呢？

顧客：**The honey oat, please.**
請給我蜂蜜燕麥的。

店員：**What size would you like?**
要多大的尺寸呢？

顧客：**I would like the 6 inch.**
我要6吋的。

店員：**What veggies would you like?**
您要加那些蔬菜呢？

顧客：**Everything but no onions.**
除了洋蔥，其他都加。

店員：**What kind of dressing would you like?**
請問要加什麼醬料？

顧客：**I'll go with the honey mustard.**
我要加蜂蜜芥末醬。

店員：**Do you want to make it a meal?**
要搭配套餐嗎？

顧客：

> **Sure, I'll have a coke and chips.**
> 要→好，我要可樂加薯片。
>
> **No, thanks. Just the sub.**
> 不要→不用，潛艇堡就夠了

店員：**For here or to go?**
內用或是外帶呢？

顧客：**For here, please.**
內用，謝謝。

店員：**That's great. That comes to 150 dollars.**
好，一共150元。

顧客：**Here you go.**
好的。（遞出現金）

店員：**Alright. Have a great day.**
好的，祝你一切順利。

像這樣一段虛構的對話素材，要怎樣學習它呢？

首先，不要細究語法，<u>以句子為單位，能理解國語、英語互相對照的意思即可</u>。對話書的學習要點是，不要背單字，要學完整的句子。比方不斷出現的 What ＿＿＿ would you like? 以及 I would like ＿＿＿＿ . 就是很值得學習的萬用句型。

　　對初學者而言，單字其實很難正確使用（要配合時態、單複數、主動一致，甚至對應的介系詞……），學會完整的句子，才有機會把它正確用出來。

　　除了學習句型以外，你還可以透過跟讀法（shadowing technique），幫助自己專注聆聽與同步覆述，讓重複聽讀的內容，能夠進入到長期記憶中，成為你隨時可以取用的語言資產。

　　由於篇幅有限，關於跟讀法的具體操作，請上Youtube搜尋「跟讀 shadowing」，亦可參考前作《英語自學王》第五章第三小節的內容。

2 基礎句型的活用

　　活用的重點在「用」，想盡辦法把學到的內容用出來，**從被動輸入轉為主動輸出，語言學習的循環才算完成。**

　　上面這段對話的場景，最完美的學習狀況，當然是去Subway實地使用所學到的句子，大部分 Subway 餐廳的店員，都有接受英語點餐的能力。若是時間不允許，或是場景比較複雜，你也可以透過角色扮演，來模擬實際的問答狀況。

　　以上面的對話為例，在播放聲音檔的同時，先扮演顧客，和店員對答，等到回答得熟練後，再改扮演店員，換成服務者的對白。在這樣即時的一問一答之間，這些句子就能很自然地被吸收進來。

一本適宜的對話素材，透過「**重複收聽、跟讀練習、角色扮演**」，這三重的演練，達到熟悉與活用，**將「語法」內化為「語感」**。

用金庸先生《笑傲江湖》中的內容來比喻，**語法是劍宗，提供了句型使用的結構與規範；語感是氣宗，是無招勝有招的自然反應**。

以求學時代累積的語法基礎，加上重複的跟讀、角色扮演練習，相信你一定可以成為將英語越用越活、劍氣合一的武林高手。

C. 詞彙儲備與應用

詞彙的儲備與應用，是口說能力發展的其中一環，為了方便你的理解，我們以居家收納來類比：單字量的儲備，理想上來說，當然是越多越好；但我們來想一個問題，如果你的家，是個兩房一廳的空間，你會怎麼安排、使用？單身的時候，當然可以存放自己喜歡的個人化物品，願意的話，甚至可以買艘獨木舟，掛在牆上來欣賞。但結婚以後，變成兩人世界，是不是該把空間做新的規劃？若有寶寶後，是不是要更聰明的使用空間？

家中的空間，對比的就是我們的常用記憶容量。理論上，大腦能塞進所有認真學過的單字，並且終身不忘。但為什麼我們背單字的經驗，都是背了就忘、再背再忘，越背越失望。原因在於，那些死背硬記猛塞的單字，因為缺乏實用性，所

以沒被放進常用區，而被放在後院不起眼的儲角落了。

除了天生神力的學霸，一般人的常用記憶容量都是有限的。學霸就像家裡開了大賣場的小開，倉庫旁邊就是豪宅，東西想擺哪就擺哪，而且備貨量充足。（單字量隨便1、2萬起跳。）而一般人，就像是去賣場買東西的顧客，我們只能買回需要的物品，帶回空間有限的家裡使用。你會一次買半個貨櫃的衛生紙回家嗎？當然不會，維持夠用的安全存量即可，需要時再去添購。

一般學習者的大腦，在處理單字的儲備，就好像這個買衛生紙的舉例一樣，用得到的字，才會放在常用區；用不到的生冷字，特別是短期內為了通過特定考試，而強記起來的字，會被堆放在大腦角落的倉庫裡，以至於臨時要用，總是如鯁在喉，無法脫口而出。

再來，在兩房一廳的比喻中，結婚、生小孩所對應的，是**我們被分配出去的記憶力和注意力**。一個有考試需求的全職學生，能分配在記憶單字的時間和精神，遠遠多於一個需要工作、照顧孩子、周旋在各種人際壓力中的成人學習者。

所以，如果你是在學的學生，或是短期內準備應考的學習者，那就用力背單字吧！ 字彙量的提升，的確能在答題時把握更多的資訊，也能加快閱讀題型的速度，不妨趁著年輕多背一點。

如果你是重新投入語言學習的職場人士，強烈建議不要再從啃單字開始了，無數立志學習英語的人，都是啃單字啃到放棄的。職場人士事務繁多，記憶力也大不如前（歲月是把殺豬刀啊！）。**因此背單字要勇敢下修目標，從日常生活**

用字開始累積，平常用得到，才容易記得牢。

Michael 老師的驚喜小補充

　　如果想有計畫的增加字彙量，在上一本書中，我提到可以從《朗文2000注釋詞彙》（Longman defining vocabulary 2000）或《朗文3000常用交際詞彙》（Longman Communication 3000）來入門。《朗文2000注釋詞彙》，是學習型字典《朗文當代詞典》在編寫時，自我限制的詞彙使用表。字典內所有詞條的英英解釋，都只能使用這2,000個字來解釋，無一例外。

　　理論上，只要掌握這2,000個注釋詞彙，幾乎所有的概念，都能夠變通一下，用這些字的排列組合來表達。這麼好用，真的值得好好認識一下。

　　《朗文3000常用交際詞彙》則是在收錄了近40億個字的朗文語料庫中，進行使用頻率篩選，選出了日常口語以及寫作中，最常用的3000個關鍵詞彙。熟悉這組詞彙，對口語和寫作能力，都會有顯著的提升。

　　做為第二本誠意之作，這裡有個禮物要轉贈給大家。我曾經的學生，現在的好朋友 Tivo 大神，在上完我的課程後，按著我給的背單字建議，用他驚人的智力和科技力，量身打造出程式機器人「單字自學王2.0」。它是虛擬機器人，不是群組，不怕被洗版，你和它建立的是一對一的關係。用LINE加入好友後，輸入\$某個單字，例如 \$school，就可以輕鬆查詢，等於隨身帶著一本英英字典。（\$要記得加上喔！）

　　輸入@某個數字，則會發送背單字的日程，例如@100

就是第100天。有三種學習強度，你可以自己安排強度和進程。單字的日程，是以《朗文3000常用交際詞彙》為範圍，以《朗文2000注釋詞彙》作為英英解釋。Tivo 老師透過這個機器人，為我們織了一張3000字為經、2000字為緯的單字記憶網。我們可以按著自己的進度，每天學一點，水滴石穿，涓滴成河。

Tivo 老師是隱世高手，專精科技應用，也出了好幾本理財暢銷書（請 Google 搜尋 Tivo168）。能教到他是我的榮幸，能與他為友更是我的福氣。這個機器人，他沒有跟我收費，完全是自發性的服務夥伴，在此特別感謝他的熱心與協助。

詞彙累積，無須好高騖遠，邀請大家，先從加入單字自學王開始。

【單字自學王2.0 LINE官方帳號】

D. 社交綜合能力

與母語使用者（native speakers）聊天，是發展英語口說能力的絕佳管道。不過，你是一個好聊的人嗎？ 如果你的語法概念正確、詞彙也能靈活使用，但談論內容貧乏、溝通能力不佳，其實也很難聊出一片天。

所以要提升口說能力，社交綜合能力會是其中一個環節。社交能力不是要你成為長袖善舞的社交花蝴蝶，而是**成為容易與他人建立連結的人，有三個可以努力的方向。**

努力方向 1　成為優質的聆聽者

如果你開始能夠結交到外國朋友，有機會坐下來聊天時，我們一開始很難講出多麼生動有趣的內容，這時不妨先成為一個聆聽者。透過**澄清性提問**、**適時簡單回應**，這些**積極聆聽技巧**（active listening skills），能讓對方不知不覺多說一些。因此即使沒有說太多話，因為聆聽技巧，也能使你成為很好聊的對象。你可以使用下面的句型來提問與回應：

（1）**"Do you mean...?"**
　　　你的意思是……這樣嗎？
　透過澄清性問句，簡略重述對方的話，可以確認你是否理解正確。

（2）**"Could you tell me more about that?"**
　　　能告訴我多一點……嗎？
　向對方傳遞的潛台詞是：你說的很有趣，我想多聽你說。

（3）**Really?**　哇！真的嗎？
　　　When?　什麼時候的事？

How? 事情怎麼發生的？

不一定真有疑問，而是透過提問，讓對方感受到你的專注與在乎。

（4）**I've noticed that...** 我有留意到……

透過說出你的觀察，讚美到細節處。例如：

I've noticed that when you talk about your son, you smile. You are such a family man.

我留意到當你談到孩子時，你總帶著微笑。你真是個愛家好男人啊！

（5）**Let me make sure if I've got this right.**
Let's make sure I'm hearing you correctly.
Let me see if I understand you correctly.

這一組，我稱為「買時間萬用句」（sentences to buy you more time）。外國朋友聊到興起，可能會滔滔不絕一直講，有時根本來不及聽懂，祭出這三句，可以讓對話稍稍暫停，再透過重述與確認，讓思緒能夠跟上。在對話中你可以這樣用：

Let's make sure I'm hearing you correctly. You want me to come back with 3 new books on Friday, right?

讓我確認一下。你要我週五再來的時候，帶著三本新書嗎？

（6）I'm sorry. That's really awful.

「喔！不～～聽起來糟透了」

同理心的表達，讓對方覺得你在乎他的處境。類似的句子還有：

I'm sorry you're going through that.

我為你正在經歷的事感到難過

That's rough. How can I help？

真的很難熬，我能為你最些什麼？

當然也可以是為對方感到開心：

That's great. I am happy for you.

太好了！我真為你開心

That's fantastic. I am so proud of you.

太棒了！我以你為榮

努力方向 2 成為有趣有料的人

有趣有料的人，比較能引發他人交談的興趣，因此列為社交綜合能力的第二個努力方向。有趣，是你與別人的不同之處；有料是你有知識、經驗、觀點。

成為有趣的人，不用搞出什麼天大的名堂，可以先從「擁有興趣」開始。養熱帶魚、挑戰百岳、烘焙料理、學習樂器……族繁不及備載，這些都行。將感興趣的事物，結合英語的學習（查查巧克力、翻糖、香草莢的英語怎麼說，就是

很好的結合）你就會多了很多可以和外國朋友談的內容。

　　一個研發團隊裡，大家都是工程師，是興趣使每個人有所不同，這些不同點，都可能成為交到外國朋友的觸發點。

　　追特定領域的外國YouTuber，向他們學習該領域的專業名詞，學習能直接使用的句子，會是較容易的起步。

　　成為有料的人，則需透過長期累積。多看書就能增長知識；多接觸新領域的事物，就能擴展生活經驗；對於所見所知，經常思考咀嚼，就能發展出個人觀點。

　　照照鏡子，然後捫心自問：「鏡子裡面的那個人，會是你想好好聊天的對象嗎？」如果還不是，我們就一起努力，讓自己成為有趣、有料的人。

努力方向 3　成為勇敢的表達者

　　勇敢，是語言學習者的外掛程式。很多人的口說能力卡關，其實都是羞於開口、害怕說錯，因此少有機會，把求學時學了十幾年的英語用出來。

　　怕說錯、怕說得不夠好，是必須破除的心魔。臺灣人花在學英語的時間真的夠久了，你是否期待有這麼一天，語法總算學齊全了，單字量夠充足了，你終於能開口說出完美的英語？

　　真相是：完美不可得，這個完美的一天並不存在。

　　語言是學不完的，所以現在就放下完美主義的心魔，勇敢開口說吧！任何語言，包含我們的母語，都是透過說錯、

除錯、修正來習得的，勇敢犯錯、勇敢開口說，就能越說越好。

　　除了勇敢開口，你還可以勇敢找外國人攀談。無論是公司內的外國同事、大專院校裡的交換學生、咖啡店裡不趕時間的外國朋友、火車上的外國旅人、公園裡照顧年長者的菲律賓看護……，只要願意，在臺灣的各個角落，都有練習英語口說的機會。然後，不用設定太大的目標，就從勇敢和外國人問候開始：

Hello.

Good morning.

Have a nice day.

Nice to meet you.

You look great today.

You have such
a great smile.

　　就從這幾句開始，展開你的冒險吧！

　　語言學習是一輩子的事情，如果你因為口說能力的進步，能開始使用英語這個「最熟悉的陌生人」，你就會真實體會到語言學習的樂趣，有了樂趣，學習就能持續。只要「**養成進步的習慣，常保熱情與好奇**」，你的人生一定會因為學會了英語而精彩無比。

　　毛遂自薦的延伸閱讀：
　　《英語自學王》第八章 八方英雄來相助

9

美食當前關

民以食為天，邊吃邊聊天

吃，絕對是萬年不敗款的社交主題。商務會談可以吃，慶功宴可以吃，好友相聚當然更要吃。食物，是文化交流的第一站。If you can open a mouth, you can open a mind. 脾胃開，心就開，友誼自然來。

　　日常餐桌上，其實就藏著文化交流的密碼。很多我們以為的臺灣本土食材，都是來自美洲大陸、途經歐洲，再散播到全世界。像是：玉米、馬鈴薯、鳳梨、四季豆、青椒、辣椒，甚至是陪伴臺灣人走過艱辛歲月的蕃薯，其實都不是臺灣原生種。

　　Food tells us a lot about people, more than we can imagine. All the beliefs that we have, all the traditions that we have, the heritage, our identity is made out of food. 我們的信仰、傳統、傳承、身分認同，都與食物息息相關。印度咖哩（Curry）、韓國辛奇（Kimchi）、日本沙西米（さしみ 刺身），語言學習，繞不過食物這關。

　　這一章，我們來談關於吃的種種。

　　先從描述食物的基本風味開始，中文裡有：酸甜苦辣、鹹鮮香麻，英文裡描述食物的詞彙，也是很豐富的。

基礎標配風味

● 酸：sour 酸的 / acidic 很酸的 / vinegary 從醋而來的酸
　　味 / tart 酸的，常指從水果而來的酸，常為正面意涵

- 甜：sweet 常指食材的甜 / sugary 從糖而來的甜 / syrupy 從糖漿而來的甜，又甜又稠 / honeyed 因加了蜂蜜而來的甜，甜言蜜語就叫 honeyed words
- 苦：bitter 食物本身的苦 / burned 燒焦的焦苦 / bittersweet 苦中帶甜，例如可可成分較高的巧克力
- 辣：spicy 辛辣的 / peppery 從胡椒而來的辣 / pungent 具刺激性的辣，例如山葵、辣根、芥末
- 鹹：salty 鹹的 / slightly salty 微鹹的 / over-salted 過鹹的

複合進階風味

buttery
有奶油風味的

citrusy
有柑橘味的

fruity
有水果味的

nutty
有堅果風味的

savory
有鹹香滋味的

smoky
有煙燻香氣的

yeasty
有酵母香氣的

woody
木質香氣

常用來描述麵包或精釀啤酒

常用來描述咖啡、威士忌

plummy
梅子香氣的

常用來描述紅酒、釀造酒

上述的形容詞，用來描述食物的**滋味和風味（taste）**；接下來的形容詞，則是在描述食物的**質地和口感（texture）**：

　　airy ／ fluffy蓬鬆，具有空氣感，比方法式甜點舒芙蕾，Soufflé 的法語本意就是「鼓起來，膨脹」。

　　juicy ／ succulent食物多汁、爆汁，succulent plants 就是仙人掌、蘆薈這類的多肉植物。想知道什麼叫做多汁，你咬一大口蘆薈就知道了。

　　接下來這一組，則是不同層次的「酥脆」：

- **crispy** 酥脆，酥而不硬，台語裡面的「煎乎赤赤」。
- **crumbly** 鬆脆，容易掉碎屑的香港桃酥、喜年來蛋捲。
- **flaky** 層層香酥，剛出爐的燒餅、可頌、蜜汁叉燒酥。
- **crunchy** 香酥脆，可樂果豌豆酥在你嘴裡發生粉碎性骨折。
- **crusty** 外酥內嫩，高級牛排外層的脆皮，就叫steak crust。

　　這一組，則是不同層次的「滑順」。

- **smooth** 滑溜順口，質地一致、細密，高雄木瓜牛奶大王。
- **creamy** 香醇柔滑，乳製品帶來的醇厚感，義大利麵的白醬。
- **silky** 絲滑，精心烹調帶來的細膩口感，田中豆花王的豆花。
- **velvety** 更假掰的，天鵝絨般的順滑，Godiva的生巧克力。

我們用Skippy花生醬的包裝標籤，來比較酥脆和滑順的不同。淺藍色包裝上寫的是 Skippy **Creamy**（細滑口味），是傳統的花生醬。深藍色包裝上面則是 Skippy Extra **Crunchy**（香脆口味），裡面則有脆口的花生顆粒。

最後這組和「咀嚼感」相關：
- **tender** 軟嫩，不太需要咀嚼，燉到入口即化的牛腱心。
- **hearty** 紮實有嚼勁，巷口老伯伯賣的山東大饅頭。
- **gooey** 黏糊糊的，剛烤好的布朗尼蛋糕。
- **sticky** 黏牙的，麥芽糖、烤過的棉花糖。
- **chewy** 很Q很有彈性，台中之光的珍珠奶茶。
- **rubbery** 像橡皮一樣嚼不斷，火候不夠的豬蹄筋。

經過了這些說明，對於描述食物的英文，是不是更有把握了呢？接下來，我們來學習對食物的正面與負面評價，簡單說，就是好吃或難吃。

關於好吃，第一個最熟悉的陌生人就是 delicious（非常美味的），這個字因為太常被誤用，所以必須為它正名一下。

delicious 本身就是很強烈的形容詞，內建「非常，絕對」的意思。因此，想表達「東西很好吃」，只要說 It's delicious.即可，刻意再加上 very，反而畫蛇添足。

如果真要強調，可以在 delicious 前面加上類似 insanely（瘋狂地）、freaking（文雅一點的 fxxxing 替代詞）！這樣的負面字眼來強調。

- **This hamburger is insanely delicious.**
  這漢堡好吃到「起笑」。
- **This steak is freaking delicious.**
  這牛排真是狂暴炸裂好吃。

然後，關於"delicious"的用法還有兩個需要留意之處：

❶ 正常而言 delicious 不會用於否定句

（×）**It's not delicious.**
　　　這真是「太不非常」美味了。

（O）**It wasn't that good.**
　　　這沒有那麼好吃。

❷ 同理delicious通常不會用於疑問句

（×）**Is it delicious?**
　　　這「非常美味」嗎？

（O）**Is it good?**
　　　這好吃嗎？

接著我們來擴張美味宇宙，除了 delicious，在口語中還有哪些描述好吃的形容詞呢？

tasty	**delightful**
美味的	吃起來很愉快的

flavorful
風味濃厚的

mouth-watering
垂涎三尺的美味

finger-licking
吮指回味的美味

appetizing
令人食指大動的

divine
超凡入聖的美味

exquisite
巧奪天工的美味

scrumptious
超級美味

extraordinary
非凡的美味

fantastic
妙不可言的美味

人在江湖飄，哪能不挨刀？踩雷了，你可以用這些字來表達：

tasteless
淡而無味

flavorless
平淡無奇

unsavory
不討喜的

horrible
恐怖的

sickening
令人反感的

gross
噁心的

disgusting
令人反感的

yucky
噁心的

barely edible
難以下嚥的

taste like cardboard
味如嚼蠟的

不要寫成eatable喔！

像在咬紙箱一樣。

我們也可以跟國外的網紅們，學習如何頌讚美食。從IG
上列舉幾例，供大家參考，他們真的都超浮誇的。

- **A well-prepared delectable meal with great presentation and an interesting flavor I've never experienced before. I would highly recommend it to anyone.**
  精心準備的美味佳餚，極具視覺效果的味覺驚喜。我
  強烈推薦給所有朋友們。

- **A scrumptious meal put together with a few basic ingredients that still delivered a unique taste and flavor.**
  用最簡單的食材，呈現獨一無二的絕美滋味。

- **The steak was mouth-watering and left me wanting more.**
  這道牛排不僅令人垂涎三尺，還一直高喊著：吃我吃
  我。

- **The steak had been aged-to-perfection, giving it a wholesome flavor that only aged meat can achieve.**
  這道牛排熟成得恰到好處，完整呈現了熟成牛排的獨
  到美味。

- **The velvety texture of the cake used in the dessert was remarkable and made it a melt-in-your-mouth taste sensation.**

甜點中使用了天鵝絨般質地的蛋糕,非常有記憶點,也讓創造了入口即化的口感。

> 用甜點結尾,完全沒毛病吧!

除了當個專業吃貨,我們也可以親自下廚,煮出健康、煮出愛。關於烹飪的英文,當然也不能錯過。

First thing first. 由於烹飪技術、工具和習慣不同,在動詞上,沒辦法直翻到很精準。同樣是炒,美國翻炒,跟臺灣快炒,就是不太一樣的概念。

1. saute 偶爾翻炒

在平底鍋上半煎半翻的動作,使用中溫或大火將小塊的食物拌炒,直到外表呈現金黃色,也就是傳說中的「梅納反應」。

2. pan-fry 煎

跟 saute 最大的差別就是火候的不同,pan-fry 是指用低溫慢慢將食物表面煎熟。

3. stir-fry 快炒

最像中式烹調裡的大火快炒，火力大、翻動頻率高。蛋炒飯、炒青菜，用的就是這個字。

4. deep-fry 油炸

用油覆蓋過食物，逼出水分、濃縮美味，藉由油的高溫將食物煮熟。（邪惡而美味的食物 guilty pleasure foods）

同樣是 fry，巧妙各有不同。

5. boil 滾煮

火開到最大，直到水開了之後滾煮的動作叫 boil。

6. poach 水煮；清燙

和 boil 的差別在於，boil 是強調水滾了之後的滾煮的動作，像台語裡的「強強滾」；而 poach 則是指在水滾開後，在小火的狀態中清燙，用小火煮的水波蛋就叫 poached egg。

7 三種「燉」

- **braise**：最像臺灣的「滷」，滷肉飯就叫 braised pork rice，braise 像先用高溫把食材表面封住（封住肉汁），再長時間煮到入味。
- **stew**：更像我們的文火慢燉，長時間的把食材燉軟。
- **simmer**：用最小的火，在水將開未開的狀態，慢慢將食物沁熟。

8 三種「經典烤」

這三個單字都是「烤」的意思，不藉由水或油當介質，直接用溫度直球對決，差別則在熱源的不同。

- **broil**：熱源從上方或下方來，家用烤箱的上下加熱線。短時間高溫加熱食物，可以理解為「炙燒」，主要追求表皮酥脆、內身柔軟多汁的效果。
- **roast**：熱源從四面八方來，大烤爐或旋風式烤箱。通常是指烤較大的肉塊，比方說烤全雞、爐烤牛排。
- **grill**：則是放在條狀的烤架上用直火烤，牛排上有烤紋的那種。

9　三種「特殊烤」

- **bake**：烘烤，一般翻做「烘焙」，通常用於糕點類或澱粉類的食物，像是蛋糕、餅乾、甜點、烤馬鈴薯等。

- **toast**：也是烤，但更像是將「表面」烤得金黃香脆，比方說把切片後的吐司烤酥、烤脆。toast 同時也有祝酒、乾杯的意思。

- **barbecue**：還是烤，特別是指在戶外進行的烤肉。barbecue 可說是美式生活的常見活動，三五好友相聚，大口吃肉、大口喝酒，兼具美食與社交功能。

特別提醒，關於烹調動詞的解釋，英式、美式、澳式英語，都有些許不同，所以出國玩要點菜時，我的終極建議是：看圖片最準。

Michael 老師推薦延伸學習

如果網紅的頌讚食物的能力，讓你佩服，那麼接下來這位大師，更是把食物的美好，提升到更高的境界。

推薦由 Netflix 製播，榮獲艾美獎提名的美食旅遊節目《環球饗宴：菲爾來吃飯》（Somebody Feed Phil）。主持人Phil本名菲利普·羅森塔爾（Philip Rosenthal），是情境喜劇《大家都愛雷蒙》的創作者，編劇和執行製作人。

Phil 是我見過不帥的男人裡，最有個人魅力的一位（純

個人偏見XD）。推薦這個節目，除了喜歡 Phil 樂觀熱情的特質外，更是因為他實在好會表達，情境喜劇的編劇，真的不是當假的。我看這個節目，常常是邊看邊做筆記，把 Phil 當成我的英文口說教練在用。

　　節錄幾段我的筆記，和大家分享，也示範給大家看看，怎麼透過喜歡的節目來學英語。這些都節錄於《瓦哈卡》Oaxaca 這一集。

　　談到墨西哥人用胭脂蟲為布料染色，Phil 說：It's half-science, half-magic to me.（這是科學和魔法的結晶。）我們可以把 science、magic 置換成其他合理的名詞，就能夠造出屬於自己句子。比方說：

English learning is half-challenge, half-enjoyment to me. 對我而言，英語學習既是挑戰，也是享受。

　　談到了運用墨西哥當地食材，結合日式壽司技法的瓦哈卡式壽司，Phil說：It really is a perfect blend of the two cultures.（兩種文化的完美結合。）同樣可以把cultures 替換成別的字，創出新的句子。

　　比方有罐特別的精釀啤酒，叫做 Choc & Orange Stout，是巧克力加橘子風味的黑啤酒。要描述這罐啤酒時，這個句型就派上用場了：Chocolate and orange is a match made in heaven, and this beer is a perfect blend of the two iconic flavors.（巧克力和橘子，本來就是天作之合，而這罐啤酒更是兩種經典口味的完美結合。）

吃到好吃的豬肉塔可，Phil先是說了句：It's just porky goodness.（真是驚人的「好豬味」，好滋味的雙關語，我自己翻譯的。）然後得知這份豬肉塔可只要75美分（20多塊錢台幣），他說了句：This is the best 75 cents I've ever spend.（這是我花過最值得的75分錢）。

這也是超好用的萬用句型，我們只要照樣造句就可以：

- **This is the best game I've ever played.**
  這是我玩過最好玩的遊戲。

- **This is the best places I've ever visited.**
  這是我造訪過最棒的地方。

- **He's the best coach I've ever had.**
  他是我遇到過最好的教練。

- **It's the best thing I've ever done.**
  這是我此生做過最好的事。

- 歌手王若琳有首歌就叫：
  The best mistake I've ever made.
  愛上你，是我此生最好的錯誤。

魚很美味，節目裡這樣說：The fish was a poem.（魚好吃得像一首詩）這麼簡單的幾個字，就把廚師捧上天了。把fish換成各種菜餚，都是對烹飪者的盛讚。

不只 Phil，連受訪的來賓，也都有很好的敘事力。其中一個 Oaxaca 的當地居民，這樣形容自己的城市：I think that if Mexican is the body, Oaxaca is the heart.（如果墨西哥市一個身體，瓦哈卡就是它的心臟。）你當然可以把底線處換掉，創造你專屬的句子。

- **If language learning is the body, bravery is the heart.**
  如果語言學習是一個身體，勇氣就是它的心臟。

- **If _____ is the body, _____ is the heart.**
  如果_____是一個身體，_____ 就是它的心臟。

  這句留給你填。

Philip Rosenthal 是熱愛生活、擁抱新奇事物的可愛大叔，他擁有語言學習者值得效仿的特質，那是敢於冒險、擁抱未知、與人為善、常保好奇。如果我60歲的時候，能活成他那個樣子，我會非常滿足。（當然，如果身材像60歲的湯姆克魯斯，那就更完美了XD）

我們一起當個迷人的人吧！

10

甜言蜜語關

嘴甜心甜，說出好人緣

《聖經》箴言書這樣說：「一句話說得合宜，就如金蘋果在銀網子裡。」（A word fitly spoken is like apples of gold in baskets of silver.）**合宜不是逢迎拍馬，而是說出來的話語fit合適的情境，成為滋潤人心的話。**

　　我們不喜歡馬屁精，因為拍馬屁的行為，通常帶著強烈的目的性，有時甚至是自降格調，為了求得別人的歡心。馬屁精的英文說法是 ass-kisser 或 brown-noser，為了達成自己目的，屁股（ ass ）不惜給他親下去；brown-noser 的說法，更是充滿「味道」，因為太貼近別人的屁股，所以被「咖啡色的東西」弄髒了鼻子。（請自己想像一下畫面，這個單字應該就揮之不去了。）

　　我相信人人都有被尊重、被肯定、被鼓勵的需求。這一章要談的，不是硬說好話，而是在他人的需要上，成為一個 sweet talker。

　　先從錯誤示範開始，**談話中的「五雷」轟頂**，想要得罪全天下，你只要照做就行：

　　第一雷：談論敏感話題或個人隱私。宗教、政治、個人收入、家庭議題、健康議題、私密話題，除非對方主動提及，都不適合拿來聊天。「這個工作收入好不好？結婚了嗎？生孩子了嗎？生了幾個呢？要不要再拚一個男生呢？」無論聽話的人表情管理有多好，他心裡面的潛台詞大概都會是：「干卿底事？！ Mind your own business.」

　　第二雷：站在教導者的位置發言。好為人師愛給建議、站在道德制高點的論斷、老氣橫秋的過來人經驗談，都很容易讓我們成為句點王。You'd better/ You need to/ You have to

（你應該怎樣、你最好怎樣）這樣開頭的句子，聽起來其實都很不舒服。

第三雷：**過度主觀、武斷的肯定句。**強烈表達的喜愛或厭惡是雙面刃，你可能為你贏得友誼，也可能讓友誼的小船說翻船就翻船。在賽爾提克人隊的球迷面前，說洛杉磯湖人隊是宇宙最強隊伍；在香菜控的面前，說香菜是地獄來的食物。對方修養好，就默不作聲，在心裡偷偷畫上一筆；碰上愛恨分明的人，可能就直接槓上了。

第四雷：**霸佔麥克風，都給你講就好。**滔滔不絕、高談闊論，搶占所有的話語權，也是談話中的地雷。良好的談話應當是有來有往、有聽有說，不要把對談（ dialogue ）變成獨角戲（ monologue ）。去KTV唱歌時，自己連點十首歌，還不讓插播的人，大概很快就會在約唱歌名單裡，被永久除名。

第五雷：**自以為幽默的不當玩笑。**幽默感是人際關係的潤滑劑，但自以為幽默而亂開玩笑，絕對是破壞關係的殺手。我們可以自嘲自己光喝水就會胖了，但千萬不能拿別人的身材作文章，比方說：「好久不見，感覺最近混得不錯喔！整個人都發福了。」

你才發福，你全家都發福！

　　避開了上面的五個雷區，我們接著談正面的 sweet talking 心法：

甜蜜心法 1 淡化否定語氣

　　談論不愉快的經驗時、需要拒絕對方的請求時，都要留點餘地、留個台階，以免誤傷感情。

　　去餐廳用餐時發現濃湯冷掉了，不要跟服務生說"I don't like to eat cold food."，"don't like"（討厭、不喜歡）是個強烈的字眼，可以改成"I'm afraid this soup is cold. I believe it could be great. Could you heat it up for me?"可惜濃湯冷掉了，我相信趁熱喝會更美味，能不能幫我加熱一下呢？

　　對方邀請你參加活動，如果你沒有辦法同行，不要直接說"No, I can't."這是斷然回絕了對方的好意。留個台階的說法是"Can I take the rain check?" "rain check"不是泡了雨水的支票，最初是指戶外比賽或表演因雨延期時，發給觀眾日後觀賞的票證。這句話的潛台詞是：「這次雖然不行，但下次有機會的話，我願意參加。」臺諺說得好：「人情留一線，日後好相看。」（Jîn-tsîng lâu tsit suànn, jit-āu hó sio-khuànn.）

　　當然，如果是你很不喜歡的人，你可以直接說：No, I'm afraid I can't make it. 不用再 rain check 了！

把句子拉長，為句子加點糖

祈使句（Imperatives），省略了主詞 you，這個類型的句子短，並且通常都有命令、建議、規定的語氣。

- **Clean the room.**
  （你）把房間給我整理好
- **Go to see the doctor.**
  （你給我）乖乖去看醫生
- **Be polite to your teacher.**
  （你）對老師給我禮貌點
- **Be punctual.**
  （你）絕對要準時
- **Never shout in the library.**
  （你）在圖書館內禁止喧嘩

聽起來都超強勢、超不客氣的。我們可以透過**把主詞還給它、改成疑問句、適度加長句子**，讓語氣變和緩。

- **Would you please clean the room?**
  能否請你整理一下房間呢？
- **Would it be possible for you to go to see a doctor?**
  如果可以的話，請你去就醫好嗎？

- **Could you be polite to your teacher?**
  能否請你對師長保持禮貌？

- **I wonder if you could be punctual, that will help me a lot.**
  我在想如果你能準時的話，對我很有幫助。

- **Never shout in the library, please.**
  圖書館內請勿喧嘩

語氣聽起來，是不是溫和許多 ？

甜蜜心法 3 適當使用委婉語

委婉語（euphemism）是婉轉的說法，避免太過直率的字眼，造成他人的不舒服。不只是英語裡有委婉語，中文裡也有這樣的用法。在我的故鄉，有專門收容觸犯法律的未成年人，幫助他們得以繼續升學的特殊學校，一開始稱為少年感化院，後來委婉改稱少年輔育院，最後定名為勵志中學。這個名稱的改變，對於院生的自我認同，產生非常大的正向影響。文字是自帶情緒的，說話時斟酌用字，是語言學習者的貼心。

⊙談論工作狀態的委婉用法：
- 不說 **firing an employee** 解雇，
  而說 **letting someone go** 讓某人離開

- 不說 unemployed 失業，而說 between jobs 待業
- 不說 fired 裁員，而說 downsized 組織精簡
- 不說 I got fired 我被解僱，
  而說 my position was eliminated 職務被刪除
- 不說 losing one's job 失業，
  而說 taking an early retirement 提早退休
- 不說 quit the job 放棄工作，
  而說 pursuing other opportunities 尋找新機會
- 我最喜歡這個，不說 jobless 無業，
  而是換個浪漫的說法：embarking on a journey of
  self-discovery. 正踏上自我追尋的旅程。

職場圈子很小，說話留心點好。

◉談論身體狀態的委婉用法：

- 不說 go to the toilet 上廁所，
  而說 powder one's nose 去補妝
- 不說 fart 放屁，
  而說 break wind 破風——●製造空氣流動 XD
- 不說 urinate 尿尿，而說 go number one 去小解
- 不說 bowel movement 排便，
  而說 go number two 出恭

  > 你說，大便的離去，是馬桶的追求，還是屁屁的不挽留？

- 不說 getting old 變老，而說 aging 年齡增長

- 不說 **old age** 老年，而說 **golden years** 金色年華

當談論到死亡的時候，通常不直接說 died 或 dead，而是說 passed away, passed over to the other side, resting in peace, no longer with us 等等。

複習一下三個甜蜜心法：
❶ 淡化否定語氣，為對方留點餘地。
❷ 試著把句子拉長，為溝通加點糖。
❸ 人生難免風雨，適當使用委婉語。

接下來，按照甜度，為大家整理生活中的甜蜜金句。大家可以抽換名詞、形容詞，成為自己專用的句子

少糖等級

具體明確的稱讚和肯定。

- **Great job today. I love working with you.**
  今天你做得真棒，和你一起工作真享受。
- **Your energy is infectious.**
  你的活力充滿著感染力。

- I love how you decorated your house.

  我超愛你布置你家的風格。

- You set such a good example for your kids.

  你真是孩子們的好榜樣。

- Talking to you always puts me in a good mood.

  和你談話,總是能帶給我好心情。

- You never fail to impress me.

  你總能一再讓我感到驚艷。

- Your passion motives me.

  你的熱情激勵了我。

- I love your company.

  我非常喜歡你的陪伴。

- You have a great sense of humor.

  你超有幽默感的。

- You're a great listener.

  你是最好的傾聽者。

- Hanging out with you is always fun.

  和你共度的時光,總是充滿樂趣。

半糖等級

在具體明確的基礎上,加上一點愛慕。

- **You're a natural at whatever you do.**
  你是天生好手，做什麼都有模有樣。
- **Your creativity is on another level.**
  你的創造力，完全高出一個等級。
- **I'm proud of how far you have come and for never giving up.**
  你經過艱辛的奮鬥，卻不曾放棄，我以你為傲。
- **You are more amazing than you realize.**
  你比你自己認為的還要更神奇。
- **Your voice is magnificent.**
  你的聲音非常出色。
- **Your artwork belongs in a museum.**
  你的藝術作品應該放在博物館典藏。
- **You make the best chocolate cookies in the world.**
  你做的巧克力餅乾是全世界最美味的。
- **Your hugs make all my troubles melt away.**
  你的擁抱，讓我的煩惱完全消散。
- **You bring out the best in other people.**
  你總是帶出他人最美好的一面。
- **You are perfect just the way you are.**
  你只要做你自己，就已經完美無比。
- **You could survive a zombie apocalypse.**
  你是在殭屍末日裡，還能存活下來的那種人。

全糖等級

全糖加珍珠，極致的甜蜜，敞開的真心。

- **You make me feel so lucky.**
  認識你，讓我覺得幸運無比。

- **You can't take a bad photo, you're simply gorgeous.**
  你的照片怎麼拍怎麼美，你基本上就是正翻了。

- **When I grow up, I want to be just like you.**
  我長大後，要成為像你這樣的人。

- **Being around you is like a happy little vacation.**
  在你身邊，就像是個快樂的小度假。

- **Is that your picture next to "charming" in the dictionary?**
  字典上「迷人」這個字旁邊的說明插圖，放的是你的照片吧？

- **You are beautiful on the inside and outside.**
  你的美是由裡到外，全然的美麗。

  360 度、無死角的美

- **You're even better than a unicorn because you're real.**
  你甚至比獨角獸更美好，因為你是真實的存在。

- You're basically a real life version of a Disney princess.

  你根本是迪士尼公主的真人版！

- You're basically a real life version of a Marvel superhero.

  你根本是漫威超能英雄的真人版！

- If you were a box of crayons, you'd be the big industrial name-brand one with a built-in sharpener.

  如果你是一盒蠟筆，你一定最高級的大品牌，而且還內建削鉛筆機的那種。

台南全糖等級

當你以為全糖就是天花板的時候，原來還有一種甜叫台南甜，戀人限定、歌頌愛情。

- I'm head over heels in love with you.

  我愛你愛到神魂顛倒。

- You make my heart skip a beat.

  你讓我的心跳，漏跳了一拍。

- I love you from the very bottom of my soul.

  我從靈魂的最深處愛你到底。

- **I want to spend my life with you.**
  我願與你共度此生的每時每刻。
- **I love you unconditionally.**
  我用無條件的愛來愛你。
- **I love you from your toes to your nose to where your hair grows!**
  從你的腳趾頭到鼻頭，我通通愛到心裡頭。
- **There isn't a word in the dictionary for how much I love you.**
  字典裡找不到任何一個字，足以表達我有多愛你。
- **I couldn't have asked for a better lover.**
  人生有你這樣的愛人，夫復何求？
- **We fit together like puzzle pieces.**
  我們就像拼圖一樣，完美密合。
- **You're the guacamole to my taco.**
  如果我是墨西哥玉米餅，你就是裡面的酪梨醬。

愛情你比我想的閣較偉大！最甜的話，對最愛的人說。

11

言之成理關

奶爸的基礎文法課

「Michael 老師，我沒有辦法開口，因為我的文法不夠好。」 關於英文口語能力的瓶頸，這大概是我最常聽到的卡關原因。每次我聽到這樣的說法，我都有滿腔的熱血，想破除這個迷思，一棒敲醒我眼前的這個人。

英文文法不夠好，也曾是我的自卑感來源。因為在傳統的考試制度裡，我已經被扣分扣到懷疑人生，扣到信心全失。好像大腦裡被植入了文法糾察隊，話還沒說出口，自我審查後就被消音了。

回想起當年自學英文的初期，我的文法仍然沒完全弄懂，不過最大的差別是，我放下了完美主義的包袱，勇敢開口去犯錯。大量試錯、勇敢修正，反而使我的口語能力，有了蛻變級的成長。

所以，在正式展開談文法前，我的**第一個忠告就是：放下完美主義、放棄標準答案，能溝通最重要**。

比方這個常見的生活場景：手機沒電。英語該怎麼說？答案是，**怎麼說都行，能借到充電器最重要**。不信我舉個例子給你看！

1. My phone battery is dying.
我手機電池快沒電了。

2. My phone battery died.
我手機電池沒電了。

3. My phone battery is dead.
我手機電池已經沒電了。

這三句都用了「死亡」的概念來類比，詞性稍有不同而已。

4. My phone is out of power.
我的手機沒電了。

5. My phone is out of battery.
我的手機沒電了。

6. My phone is out of juice.
我的手機沒電了。

這三句都用了out of 的句型，皆能適切表達語意。特別是這個 out of juice，電池就像顆被擠乾的柳丁，再也擠不出一點汁來，整個超有畫面、超好記的。舉一反三，手機還很有電，你當然可以說 My phone still has plenty of juice in it.

7. The battery level of my phone is 1 percent.
手機電量剩1%。

8. My battery is running low.
電池只剩低電量。

9. My phone has run out.
我的手機沒電了。

10. My phone is flat.
我電池沒電了。

最後這句則用了「扁平、乾癟」的概念來表達沒電，像一顆洩氣的輪胎（flat tire）是不是也超有趣？

10個例句是否足夠說服你，不用追求標準答案？如果還不夠，I can go on and on and on. 請相信我，能達成溝通目的，絕對比講出完美句子更有意義。

在這樣的前提下，我們可以來談談文法了。

根據柯林斯線上字典（Collins Online Dictionary）的定義，文法是「將字詞組合在一起，以構成句子的方法」（The ways that words can be put together in order to make sentences.）。牛津學習詞典（Oxford Learner's Dictionary）則定義為「一個人對語言的了解和使用能力」（A person's knowledge and use of a language.）。

綜合這兩個定義，很接近我個人對文法的認知，文法是「利用擁有的語言知識，造出合理語句，以達成溝通目的的方法」。

語言知識需要時間累積，合理造句需要試錯練習，但終點都是為了達成溝通目的。文法原是良好溝通的輔助，如果擔心語言知識不足、語句不夠優美，選擇閉口不言，學習反而整個失焦了。優先重點是：能溝通、能溝通、能溝通。We can be busy advancing the grammar knowledge, yet we missed the communication. Then, we missed the whole point of everything. 願我們都做個有智慧的學習者，別落入本末倒置的陷阱中。

不只我這樣熱切呼籲，語言習得領域的大腕克拉申博士（Stephen Krashen），也跳出來說話了：「語言習得，不需要大量、有意識地使用文法規則，也不需要繁瑣的重複練習。」

（Language acquisition doesn't require extensive use of conscious grammatical rules and does not require tedious drills.）

如果我們將**重點放在溝通**，有哪些核心的基礎文法，能幫助我們溝通不踩雷，更順利地表達呢？ 我想以下幾個**核心文法意識**，能在口語練習的初期，成為我們很好的輔助。

核心文法意識 1
認識合理的句子結構

文法是造句之法，對句子結構的基本認知，會是最優先需要建構的文法意識。先認識幾個英文老師們很常用的術語縮寫，這些是句子組成的基本元素。

縮寫	全名	在句子裡的功能
S	Subject 主詞	它是句子的主角
V	Verb 動詞	它是主角從事的行為、動作
O	Object 受詞	接受主角這個動作的人、事、物
C	Complement 補語	讓句子更明確、具體、有畫面的補充說明

這四個基本元素，經過合宜的排列組合後，就產生了所謂的五大句型，表列如下：

	句型	動詞（V）	受詞（O）	補語（C）
1	S + V	完全不及物	無	無
2	S + V + C	不完全不及物	無	主詞補語
3	S + V + O	完全及物	直接	無
4	S + V + O + C	不完全及物	直接	受詞補語
5	S + V + O + O	授與動詞	間接、直接	無

從上面的列表中，我們會發現，五大句型都有兩個相同的東西：主詞和動詞。沒錯！**英語最基本句型正是：主詞 + 動詞**。其他的變化，都是在這個基礎上做變形或延伸。而決定句型變化的關鍵因素，便是動詞的類型：及物動詞必須有個受詞；不完全動詞後面需要有個補語；授與動詞則需要兩個受詞。

頭腦有點暈暈的了，對嗎？ 不慌不慌，我們先來認識一下，這幾個饒舌拗口的文法名詞。首先，為大家切兩刀，為動詞做兩個區分。

動詞依照**需不需要受詞**，可區分為**及物動詞、不及物動詞**。及物動詞需要受詞，在字典上你會看到詞性標註為Vt.（Transitive Verbs）；不及物動詞則不需要受詞，字典上的詞性標註為Vi.（Intransitive Verbs）。

動詞依照**需不需要補語**，可區分為**完全動詞**（Complete verb）、**不完全動詞**（Incomplete verb）。完全動詞既已「完

全」，不需要補語來補充說明；不完全動詞則需要補語，使句子的語意完整。

這兩個區分的排列組合，會產生四種動詞的樣貌 ： 完全不及物、不完全不及物、完全及物、不完全及物。雖然超像是惡搞寫出的繞口令，但它們本人真的長成這樣。接下來，我們搭配衍生出的句型，來更深入認識這幾種動詞的合理用法。

句型 1 S + V

這個最簡約的句型，搭配的是「完全不及物動詞」，意思是它既不需要補語，也不需要受詞，就能表達句子完整的意思。這是初學者最容易上手的句型，主詞明確，動詞選對，就能進行最基本的溝通了。舉例來說：

- **Flowers bloom.**
  花朵盛開。
- **Fishes swim.**
  魚會游泳
- **Accidents will happen.**
  天有不測風雲。

上面句子中的 bloom、swim、和 happen 都是完全不及物動詞，既無補語，也沒有受詞，語意卻已經是完整的。

句型 2 S + V + C

句型2裡的動詞，是不完全不及物動詞。因為**不及物**，不需要有受詞，因為**不完全**，所以需要有**主詞補語**，為主詞的狀態做補充說明，才能表達句子完整的意思。

這樣的動詞又稱為**連綴動詞**，常見的連綴動詞有這幾類：
❶ Be動詞：is、am、are、was、were、be、been…等。
❷ 感官動詞：sound 聽起來、look 看起來、smell 聞起來
❸ 表達變化：become 變得、get 變成；變得、grow 成長
❹ 表達仍然：remain 仍然是、stay 繼續；保持、keep 持續
❺ 推斷狀態：seem 似乎；彷彿、appear 呈現；顯現

• **Good medicine tastes bitter.**
　良藥苦口。

Good medicine 是主詞，tastes 不及物，所以不需要受詞。但句子如果只寫到 Good medicine tastes，語意並不完整，中文聽起來會像是：「良藥嘗起來……」嘗起來怎樣？你倒是說清楚呀！因此 tastes 的不完全，需要有補語來補充說明，這裡的形容詞 bitter（苦澀的），便是補語。再舉一例：

• **My sister is smoking hot.**
　我妹超正超辣的。

　這句她逼我寫的

150

My sister 是主詞，is 是Be動詞（連綴動詞的一種）不需要受詞。但句子如果只寫到 My sister is，語意一樣不完整，中文會像是在說：「我妹妹齁……」 你妹妹到底怎樣？

因此Be動詞的不完全，也需要有主詞補語來說明，smoking hot（辣到冒煙） 這個形容詞，就是 My sister 這個主詞的補語。

句型 3 S + V + O

句型3裡的動詞，是完全及物動詞。因為「完全」，因此不需要補語，就能表達句子完整的意思；但是它「及物」，所以需要受詞，來接受動詞代表的動作。

love 和 like 就是典型的及物動詞，因為愛和喜歡，一定要有明確的對象，這個對象就是句子裡的受詞。常常在教室裡聽到小朋友說 "Teacher, I like, I like."，這其實是個病句，我個人認為無傷大雅，但更好的說法會是 "I like it."

- **He <u>wrote</u> a letter.**
  他寫了一封信。

  > "wrote" 完全及物動詞，"a letter" 是受詞，無需補語，句意已完整。

- **Mark <u>broke</u> his leg.**
  馬克摔斷了腿。

  > "broke" 完全及物動詞，"his leg" 是受詞，無需補語，句意已完整。

- **She ate a hamburger.**

  她吃了一個漢堡。

  > "ate" 完全及物動詞，"hamburger" 是受詞，無需補語，句意完整。

除了名詞可以當作受詞以外，動名詞片語、不定詞片語、名詞子句等也能作為受詞。各舉一例，作為補充。

- 動名詞片語（Ving）作為受詞：
  I like being alone.
  我喜歡獨處。
- 不定詞片語（to V）作為受詞：
  I hate to eat vegetables.
  我討厭吃蔬菜。
- 名詞子句作為受詞：
  I know that the man in black is handsome.
  我知道那個穿黑色衣服的男人很帥。

句型 4　S + V + O + C

句型4裡的動詞，是不完全及物動詞。「及物」所以需要受詞，來接受動詞代表的動作；因為「不完全」，因此需

要補語，才能表達句子完整的意思。這裡的補語（C）是用來補充或說明受詞，所以我們叫它**受詞補語**，受詞補語可以是名詞或形容詞。

舉幾個常見的不完全及物動詞，來說明句型：

- **Think**（當作「認為」來使用時）：

We all think Kobe Bryant a great athlete.

我們一致認為Kobe是偉大的運動員。

think是及物動詞，後面加受詞 Kobe Bryant；think不完全，因此加上受詞補語 a great athlete。若不加上受詞補語，句意變成只剩「我們一致認為Kobe……」，句意語焉不詳，所以要加上受詞補語來完成說明。

- **Elect**（當作「推選」來使用時）：

We elected Jack chairman.

我們推選Jack做主席

chairman 是名詞作受詞補語，用來補充說明受詞；少了受詞補語，句意變成只剩「我們推選 Jack……」到底 Jack 是立委、市長，還是年度最有價值球員？類似的動詞還有 call 稱呼／ name 命名／ appoint 指派／ nominate 提名……這一掛的不完全及物動詞，通常只接名詞作受詞補語。

- **Find**（當作 「發現」 來使用時，通常中文翻為「覺得」。）：

- **I found this movie hilarious.**

  我發現（覺得）這部電影超爆笑的。

  > hilarious 是形容詞作受詞補語，用來補充說明受詞 this movie

- **I found this book inspiring.**

  我發現（覺得）這本書很有啟發性。

  > inspiring 是形容詞作受詞補語，補充說明受詞 this book

- **I found that game exciting.**

  我發現（覺得）那個遊戲很刺激。

  > exciting 一樣是形容詞作受詞補語，補充說明受詞 that game

Michael
老師
微補充

第四個句型S+V+O+C，當然還有很多展開的變形，要多複雜有多複雜，但我們先停在這裡，認識基本款就好。學習這個句型，要建立的核心文法意識是：提醒自己是不是有把一句話說完整？如果覺得句子哪裡怪怪的，通常都是少了補語造成的。

句型 5　S + V + O + O

　　句型5裡的動詞，是授與動詞，它需要兩個受詞：間接受詞IO（Indirect Objec）、直接受詞 DO（Direct Object）。間接受詞，多用來表示人，位置通常在前；直接受詞，多用來表示物，位置通常在後。

　　授與動詞的出現，代表著有「某一個事物」，從A方傳遞到了B方。A是主詞，收到東西的B，是間接受詞，被給出去的這個事物，則是直接受詞。

　　先用中文來說明：萊恩丟球給湯姆。

　　萊恩丟球，球本來在萊恩手裡，萊恩是A方，是**主詞**。
　　湯姆是接受球的人，湯姆是B方，湯姆是**間接受詞**。
　　球最無辜，它才是真正被丟的東西，球是**直接受詞**。

　　舉幾個常見的授與動詞，來說明句型：

　　He bought me a drink.　他買了杯飲料給我。

　　授與動詞 bought（原形動詞為 buy）需要兩個受詞。me 是接受飲料的人，是B方，是**間接受詞**，a drink 是實際被給出去的事物，是**直接受詞**。

⓫ 言之成理關　奶爸的基礎文法課　155

I will read you a story.
我來唸個故事給你聽。

you 是聽到故事的人，是B方，是間接受詞，a story 是實際給出去的事物，是直接受詞。

句型5的典型語序是

S＋V＋人（間接受詞）＋物（直接受詞）

透過介系詞的輔助，可變形成

S＋V＋物＋to/for＋人

He bought me a drink. = He bought a drink for me.

I will read you a story. = I will read a story to you.

I handed Bob a book. = I handed a book to Bob.

Please throw me the key. = Please throw the key to me.

認識了這五大句型後，幫大家做個**使用時機**小總結：

❶ 想描述「簡單的事實」，請服用句型1。

S＋V（主詞＋動詞）

Michael cooks. 意指Michael有烹飪的習慣或能力。

❷ 想表達「主詞的情況」，請服用句型2。

S＋V＋C（主詞＋動詞＋主詞補語）

Michael is a good cook. 意指不只做菜，還很能做菜。

❸ 動作有明確對象時，請服用句型3。

S + V + O （主詞 + 動詞 + 受詞）

Michael cooked a huge meal.

豐盛大餐被 Michael 煮了

❹ 想表達「受詞的情況」，請服用句型4。

S + V + O + C （主詞 + 動詞 + 受詞 + 受詞補語）

His family found the meal delicious.

他的家人覺得晚餐很好吃。

❺ 想表達「給某人某物」，請服用句型5。

S + V + IO + DO

（主詞 + 授與動詞 + 間接受詞 + 直接受詞）

Michael cooked his family a huge meal.

Michael 為了他的家人煮了一頓大餐。

　　以上便是傳說中的五大句型，掌握這基礎五招，便可以帶著極厚的臉皮，到江湖上闖蕩了。在口語使用的場合，這五招足矣，更複雜的句型變化，其實是在寫作的時候，才比較有機會用到。

　　口說隨時練，說錯又如何？ 寫作慢慢練，寫久就合格。用這首打油詩，結束這個回合。

核心文法意識 2
什麼時態，給我一個交代？

開始說明前，請大家先來看這幾句話。

我昨天<u>吃</u>牛排。（過去時間）

我今天<u>吃</u>牛排。（現在時間）

我明天<u>吃</u>牛排。（未來時間）

我常常<u>吃</u>牛排。（事實習慣）

我正在<u>吃</u>牛排。（現在進行）

　　眼尖的你，有沒有發現中文的動詞，並沒有時態上的變化？不論什麼時間點進食，動詞一律用「吃」，完全不須變形，而是在句子裡面，另外加上「時間」，來為時態標記。因此以中文為母語的學習者，在面對英語的動詞時態變化，特別是在口語使用時，常常容易產生腦袋打結的窘境。

　　<u>英語母語者，剛好站在光譜另一邊，非常依賴動詞的變化，來標明事件發生的時間點</u>。這樣的語言使用差異，在我當年重新學習英語時，常常造成他人的困擾。對！你沒看錯，困擾的不是我，而是我的外師同事們。鄉民們說得好：「只要你不尷尬，尷尬的就是別人。」

　　當時的英文實在很菜，在使用英語時，光想著要怎麼說，就已經耗光我的大腦CPU轉速了，根本無暇顧及時態變化。因此，我的動詞時態一律都用原形動詞，所以同事們聽我說話時，常常都要跟我再次確認，事情發生的時間與順序。

後來，為了讓溝通能夠更容易，我當時的最佳解就是：在每個句子裡，都加上明確的時間，把中文的使用習慣硬加到英語裡。一招半式闖江湖，就像下面這樣。

❶ I study English yesterday.

我昨天晚上研讀英文

→正確應為 I studied English yesterday.

❷ I study English tomorrow.

我明天將研讀英文

→正確應為 I will study English tomorrow.

❸ I study English right now.

我現在正在研讀英文

→正確應為 I am studying English right now.

❹ I study English when you call last night.

昨晚當你打電話來時，我正在研讀英文

→正確應為 I was studying English when you called last night.

❺ I study English every day.

我每天研讀英文

這句正確無誤，但五句只對這一句。

這種厚著臉皮地胡說，在我下定決心好好研究文法後，才終於有了改善。當年我看文法書，看得暈頭轉向，花了好一番功夫，才摸清楚頭緒。接下來，我來為大家簡要整理關於時態的核心文法意識。

傳統的文法教學，會將時態區分為「現在式」、「過去式」及「未來式」三種。但我發現自己在學習時，常常被字面的涵義混淆，以至於產生了理解上的困難。後來我才發現，應當再多加上一個視角，按照劉美君教授在《英文文法有道理》一書的說法，叫做「習慣式」。

下列幾句現在簡單式的句子，其實都不是「現在」發生的：

I go to school by scooter.
我都騎機車上學

I get up at 7 am every morning.
我每天早上七點起床

I play basketball.
我愛打籃球／我有打籃球的習慣

這些句子，都是描述「事實習慣」，沒有特定發生的事件，也沒有單一明確的時間點，所以並非「現在式」，而是第四種的時間概念：「**習慣式**」。再舉一例做比較：

- **I watch NBA games.**
  我看NBA球賽。
這是關於我的「事實習慣」。

- **I'm watching a NBA game.**
  我此刻正在看NBA。
這是我現在進行的動作。

真的假的！？台中人的口頭禪

　　學習時態，不只是為了文法正確、通過考試，在口語使用的場合，適當使用時態，還能夠提升溝通的明確度。時態可以幫助我們「標記真假」，讓聽話者能夠判斷，你說的這件事情，到底發生了沒有？以我正在書寫這一本書的這個當下為例，我們來看看這幾個句子。

　　「現在進行」、「過去發生」「已經完成」都是「確實有發生」：

- **I am writing my second book.**

  確實發生中

- **I wrote a book.**

  確實發生過，那本是《英語自學王》

- **I have written a book.**

  確實已發生，用完成式強調事件已完成。

　　如果是未來才會出現的事件，因為還沒發生，就屬於「非事實」：

- **I will write my second book.**

  三年來，這句話都停留在只是講講，尚未發生。

- **I would write my second book if I had the time.**

  尚未發生，但我會努力擠出時間的。

- **I will have written my second book by the end of 2022.** 尚未發生，但期待成真。（打下這句話的日期是2022/07/19）

如今你手上的確拿著這本書，那我當然可以說：

- **I have written two books.**
  我已經寫完兩本書了。（灑花轉圈圈）

有了以上的認知，我們往下展開這四種時態。

1 現在式

「現在」不是固定的時間概念，而是指「說話當下」，這句話脫口而出的這個瞬間。例如：

The dog is chasing the cat.
表示說話者，正好目擊著「狗正在追著貓」。由於這個狗追貓的事件，是在說話當下同時發生，因此用現在進行式。

2 過去式

「過去」是指「說話當下」之前的時間。例如：

The dog chased the cat this morning.
今天上午不是「現在」，這句話說出來時，事情早就結束了，所以用過去式。

我們在**描述事情給他人聽時，通常用的都會是過去式**。為什麼呢？因為這件事情如果需要你來講述，那就表示聽話的這個人，當時並不在現場；而你能夠精準講述這件事，通常是因為事情已經確定發生、並且塵埃落定了。事情發生在你說話的當下之前，那當然會使用過去式。

3　未來式

　　「未來」就是「說話之後」的時間。未來式用以表達「未來可能發生的事」，或「未來想要做的事」。例如：

- **It will rain tomorrow.**

　　氣象飄忽不定，是未來可能發生的事，而且明天是說話當下之後的時間，所以用未來式。

- **I will finish my work next week.**

　　下週真的會完成嗎？不一定，但這是未來想要做的事，next week 是說話當下之後的時間，所以用未來式。

4　習慣式

　　「事實習慣」橫貫了時間座標，涵蓋過去、現在、未來。我都會跟學生這樣說，習慣式的句子結構看起是現在式，但其實可以叫它「**過去現在未來式**」。

- **The sun rises in the East.**

  太陽從東邊升起。

過去如此，現在這樣，未來也不會改變。

- **I love my wife.**

  我愛太太。 ——● 借我求生放閃一下

過去如此，現在這樣，將來也不會改變。

- **Air smells sweet in Tainan.**

  台南連空氣都是甜的。

過去如此，現在這樣，將來也不會改變。

就像台中人的血管裡流動的是東泉辣椒醬一樣，不服來辯。

綜合複習

1. **Michael loves to watch NBA basketball games.**

   Michael喜歡觀看NBA比賽。

愛看球賽是嗜好與習慣，所以用「**習慣式**」。

2. **He watched Toronto Raptors vs. New York Knicks this morning.**

   他今天早上看了紐約尼克隊與多倫多暴龍隊的比賽。

「今天早上」是說話之前的時間，比賽已結束，用「**過去式**」。

3. Jeremy Lin hit a 3-pointer to beat the Raptors at the end.

林書豪用一記三分球，絕殺了暴龍隊。

比賽已結束，所以才知道結果，因此也是用「**過去式**」。

（hit 的動詞三態同型，這裡其實是過去式喔！）

4. Michael is celebrating this epic win with his friends.

Michael正在與朋友們，一起慶祝這場史詩般的勝利。

強調此時正在歡慶，因此選用「**現在進行式**」

5. They will watch a game together next weekend.

他們下個週末，還會一起觀看比賽。

下週末會有空嗎？ 不一定，這是未來想要做的事，next weekend是說話當下之後的時間點，所以用「**未來式**」。

五月天的〈戀愛ing〉這樣說：

陪你熬夜聊天到爆肝也沒關係／陪你逛街逛成扁平足也沒關係／超感謝你讓我重生 整個 Orz ／讓我重新認識ＬＯＶＥ！／戀愛ing、happying，心情就像是坐上一台噴射機。

進行式，就像戀愛中的愛人一樣，看不見世界，眼中只有彼此。進行式要傳達的，便是這種「近距離特寫式」的觀點。不管何時開始與結束，只強調事件動作「正在發生中」（on-going）。好像相機的 Zoom-in 功能，貼的非常靠近，以至於看不見鏡頭外的事物。

以這兩個句子為例，描述的是同一件事，但進行式採用了特寫鏡頭，帶來了語感上的細微不同。

- **When I came in, all students smiled at me.**
  （過去簡單式）
  我走進教室，全部的學生對我微笑。
- **When I came in, all students were smiling at me.**
  （過去進行式）
  正當我走進教室時，全部的學生對著我微笑。

簡單式看見的是全景，平舖直述已結束的事情；進行式看見的是特寫，不管事件結束與否，瞬間即永恆。原來，這就是愛情的模樣啊！

核心文法意識 3
用對冠詞，名詞你知我知

　　另一個在口語使用場合，我常常造成外國朋友困擾的情況，就是我**沒有意識到，要在名詞的前面，加上適當的冠詞。**每當忘了加冠詞時，我很容易在外國友人的眼底，看到若有似無的疑惑。直到文法概念進步後，我才明白他們的疑惑是：「到底Michael剛剛講的那個東西，是指哪一個？」

　　不只動詞要跟著時態變化，名詞也要有明確的歸屬。

　　名詞表達的是「物件」的概念，**每次使用名詞時要有：「到底是指哪一個？」的核心文法意識**。以馬克杯為例，「馬克杯」這個物件在世界上有幾億個，你指的是哪一個？ 是我知道的那一個嗎？ 還是隨便一個都可以？

　　要表達這種「特指」與「泛指」的概念，必須藉由語法的標記來提示，這時就輪到冠詞出場了。

　　冠詞有兩種，定冠詞the與不定冠詞 a/ an。定冠詞 the，後面跟著明確指出的單數或複數可數名詞、或不可數名詞。不定冠詞 a / an，後面接未明確指出的單數可數名詞。

The flower smells nice.
A flower smells nice.

　　這兩句話，在語意上是不同的。第一個句子，是說某一朵特定的花，聞起來很香；第二個句子，則在陳述一個通則：任何一朵花，聞起來都香。

定冠詞 the 有強烈的「**限定性**」，如果我說：Give me the flower. 你只能給我，我指定的那一朵。如果我說：Give me a flower. 那就好處理了，不用管哪一朵，只要是一朵花就行。

　　這兩者的使用時機區別在於：名詞所代表的物件，是不是「對方也知道的那一個」？ 如果提到的事物「**你我都知道**」，就用定冠詞the。如果提到的東西，「**對方不知道**」，就用不定冠詞 **a / an**。

　　比方說，當年如果我跟外師同事說：

* **I talked to the boss.** （你我都知道）
他想到的畫面會是，我去找了「我們的」老闆談話
他的內心小劇場可能會是 ：
「咦？ 你去找老闆談話，是打我小報告嗎 ？」

* **I talked to a boss.** （對方不知道）
他想到的畫面會是，我遇見一個身分是老闆的人。
他的內心小劇場則可能是 ：
「哇 ！ 你遇到**一個老闆**，談生意嗎 ？ 要挖角你嗎 ？」

　　小小一個冠詞，竟然可以造成語意上的天壤之別。「**名詞出場，清楚標記**」每一次使用名詞時，都要意識到冠詞的使用，清楚標記指涉的對象，不然外國朋友會很疑惑，眼前一陣烏鴉飛過。

先透過這個問答句,帶大家來感受一下,特指(定冠詞)與泛指(不定冠詞),在語意上造成的不同。

Q: What are you eating? 你在吃什麼 ?

A:

- **A steak.**
  一份牛排(對方可能不太清楚是哪來的)
- **The steak.**
  你我都知道的 那種 / 那家 / 那塊牛排
- **The steak you mentioned.**
  那個【你曾提到過的牛排】
- **His steak.**
  他的牛排(所有者明確,偷吃同事牛排?!)
- **The steak he cooked.**
  (烹飪者明確,難道是侯布雄牛排?!)
- **Steaks.**
  一些牛排(我就食量大嘛!叫我美食水水千千)

再來,我們透過專有名詞的改寫,再來體會一下,「特指」與「泛指」在語意上的不同。

- **The Godfather** 經典電影《教父》
→ **A Godfather**
  一個乾爹(是不是整個弱掉!?)

- **The Holy Bible** 《聖經》
→ **A Holy Bible**
  一本神聖的手冊（奇異博士的魔法書嗎？）

- **The Catcher in the Rye** 《麥田捕手》
→ **A Catcher in the Rye**
  麥田裡的一個捕捉者（經典味直接崩壞）

「特指」與「泛指」，是不是差很多呢？

核心文法意識 4
可數不可數，應該弄清楚

　　除了冠詞與定冠詞的差別，使用名詞時，還有一個容易造成誤解的因素，那就是沒有意識到英文的名詞，其實有「可數與不可數」的差異。

　　會造成這樣的文法意識缺失，是因為中文裡基本上沒有「不可數名詞」的概念，要把東西量化時，只要**加上量詞**就好了，名詞本身沒有型態上的改變。（一道彩虹、一輪明月、一葉扁舟、一輛車、一頭牛，一頭牛除了是量詞，還是中臺灣的超強燒肉店。）

　　把「可數不可數」的差異弄清楚，能有感提升口語表達的明確度。 留意我說的是**明確度**，而非**精確度**。我們先把目

標定位在「把話說清楚」就好；要把話說得「精準漂亮」，那需要一生的時間來精通，我也還在學習中。

查字典遇到名詞時，通常都會有「可不可數」的標記。看到[C]（countable）就表示這是可數名詞；相反的，看到 [U]（uncountable 就表示這是個不可數名詞。

「可數名詞」，很容易理解，就是能夠被一個一個數出來的名詞，可以用數字來明確計算數量。a dog, two cats, three apples, four bananas，我們在可數名詞後面加上 s / es / ies，來標記它是複數。

「不可數名詞」，就抽象許多。文法書上會這樣告訴你：不可數名詞（ Uncountable Nouns ），指實質或概念無法分割的名詞，既不可數，也就無單、複數可言。專有名詞、物質名詞、抽象名詞，**均為不可數名詞**。

是不是有聽沒有懂？不怕不怕，我來陪大家區分一下。

1　無法想像具體形狀

看不見、摸不著，想像不出具體形狀、輪廓的**抽象概念**。例如：

love	**music**	**health**
愛	音樂	健康
information	**news**	**fun**
資訊	新聞	樂

Health 健康不可數，所以我們用各樣的體檢數值來衡量。
money 金錢不可數，所以我們用各樣的幣值來衡量。
homework 作業不可數，拆解成three assignments就能
計算。

2　從老天爺來的自然現象

自然界的現象、物理現象，通常為不可數。例如：

sunshine 陽光	**light** 光	**thunder** 打雷
lightning 閃電	**electricity** 電	**power** 能量
heat 熱	**weather** 天氣	**rain** 雨
snow 雪		

上帝的管區，皆為此類。

3　會隨著容器變形的

　　沒有固定形狀、大小，會隨著盛裝的容器改變形狀的物
質，液體、氣體、膏狀物、膠狀物，常在此分類中。像是：

milk	water	coffee
牛奶	水	咖啡
gas	air	soup
瓦斯	空氣	湯
oil	toothpaste	shower gel
油	牙膏	沐浴露

以牛奶為例，它可以是一杯牛奶，一瓶牛奶、一罐牛奶，甚至是一桶牛奶。可大可小，隨著容器改變形狀，本身不可數，要計算的話，一樣需在前面加上量詞：

a bottle of wine	a tube of toothpaste	a drop of water
一瓶紅酒	一管牙膏	一滴水

4 由微小的物體組成

由大量相同的細小物件組成、出現時一般不會只有「一個」的物件。像：

rice	sugar	salt
米粒	糖	鹽
tea	sand	hair
茶葉	沙子	頭髮

一般都不會只有一顆米、一顆鹽地出現，這一類的名詞也都屬於不可數名詞。本身不可數，要計算的話，需在前面加上量詞：

a cup of tea
一杯茶

a bowl of rice
一碗飯

one spoon of salt
一匙鹽

5 殺千刀還是一樣的

用來烹飪的食材、製造物品的材料，經過切割、切碎，仍然不會改變其性質的物質。像：

bread
麵包

cheese
乳酪

meat
肉類

butter
奶油

ice cream
冰淇淋

gold
黃金

iron
鐵

wood
木頭

rubber
橡膠

paper
紙

肉不管切到多細小，頂多從東坡肉變成打拋肉，但本質上還是肉；黃金不論如何捶打、分割，都不會減損它的價值，黃金仍是黃金。碎紙機出來的產品，雖然細碎，仍然是紙。本身不可數，要計算的話，一樣需在前面加上量詞：

a loaf of bread	a piece of wood	a slice of cheese
一條麵包	一片木頭	一片乳酪
a chunk/bar of butter	a sheet of paper	a chunk/bar of gold
一塊奶油	一張紙	一塊黃金

　　總和以上五點，我們可以用這樣的口訣來記憶：「**想不到、老天爺、會變形、太細小、殺千刀。**」符合這五個特質的名詞，通常就是不可數名詞喔！是不是容易區分多了呢？

Michael
老師
微補充

可數名詞，也很有戲

I go to school.

（我去上學，school是目的）

I go to a school.

（我去了一個學校，a school是具體的空間）

　　兩個非常不同的句意，竟然是一個小小的冠詞 a 造成的！因為對英語母語者而言，名詞如果加上 a，或句尾加 s 變成複數，腦海會浮現**具體的形象**。如果不加a也不加 s，則當作不可數名詞使用，表達**目的或組成**。

　　舉例來說，當母語者聽到 a lemon 時，腦海中浮現的會是「一顆檸檬」，聽到 lemons 時，想到的則是「一堆檸檬」，都有具體的形象。

如果聽到不加 a 也不加 s 的 lemon，這時的 lemon 當作**不可數名詞**使用，表示**組成**。他們想到的會是檸檬風味、檸檬口味的產品，檸檬汁、檸檬汽水、檸檬軟糖，沒有具體的形象。

搭飛機時，空服員問你 "Chicken or fish ？"（雞肉餐還是魚肉餐？）你如果回答 A chicken.，你可能會得到**一整隻**烤雞喔！XD

比較好的回答會是 ：Chicken, please.（請給我雞肉餐。）

不要再點烤全雞來為難空服員囉！

核心文法意識 5
妥善運用助動詞

助動詞（ **auxiliary verb** ），是附加意思在動詞上的輔助用詞，能為動詞加上可能性、推測、意志、方向性的意涵。好，官方說明結束。

遙想當年，重新立志學習英文時，由於沒有任何進度壓力，我有機會好好來思考，每個助動詞的用法和語感。跟他們混熟後，我發現巧妙運用助動詞，能提升溝通時的效益，助動詞是溝通時的好朋友。有道是：「動詞不夠給力，助動詞來接力。」

助手、助理、助陣，這些中文字詞，使我們談到助動詞

時，常被這個「助」字誤導了理解，以為它是副手、配角。
但事實上它的重要性，甚至比動詞更重要，我們來看看這幾
個句子。

- **I like Michael Jordan.**
  我喜歡麥可‧喬登。
- **I do like Michael Jordan.**
  我超喜歡麥可‧喬登。（加do表示強調）
- **I don't like Michael Jordan.**
  我不喜歡麥可‧喬登。（方向完全改變）
- **Michael Jackson dances.**
  麥可‧傑克森跳舞。（描述事實習慣）
- **Michael Jackson can dance.**
  麥可‧傑克森能跳舞（強調有能力）
- **Michael Jackson can't dance.**
  麥可‧傑克森不會跳舞（這你敢信？！）

　　一個助動詞，就能扭轉整個句子的意志、方向、和可能
性。你還覺得它只是副手、配角嗎？

　　動詞和助動詞的關係，其實可以用韓劇來比喻。韓國的
娛樂產業成熟，連明星都可以透過訓練、包裝，一條龍批量
製造。臉要多帥有多帥，腿要多常有多長，永遠不缺長腿鮮
肉歐巴。但是真正讓韓劇好看、有張力的，卻是那些超會演
戲的老戲骨，那些臉很熟悉、叫不出名字，在各齣韓劇中經
常重複的「配角」。

長腿鮮肉歐巴，可以快速批量製造；老戲骨歐巴桑，卻需要時間來磨練演技。**歐巴就是動詞，歐巴桑是助動詞，看似不重要，卻是左右整個句意的核心。**

幾個文法上的使用原則是：

❶ 助動詞後面一定要接原形動詞。

He dances. → He can dance.

❷ 助動詞要放在一般動詞或be動詞的前面。

You can be the best dancer in the world.

❸ 在助動詞後面加上not，即可表達否定。

I can remember his name.

→ I can't remember his name.

❹ 助動詞不會單獨存在。 ——● 沒有歐巴的韓劇，你會追嗎？

如果單獨存在，是當一般動詞用，例如：

I do my homework every day.

❺ 助動詞很連戲，用什麼助動詞問，就用什麼助動詞答。

Do you like chocolate ？

Yes, I do. ／ No, I don't.

Can you make chocolate ？

Yes, I can. ／ No, I can't.

接著，我們來認識幾個常見助動詞的核心印象。

Do 助動詞的基本款

通常 do 會出現在否定句跟疑問句，如果一個句子本來只有主要動詞，將這個句子改成否定句或疑問句時，就會用到 do，does 或 did，端看人稱和時態決定。

- **I like coriander.** 我喜歡香菜。

{ 否定句：**I don't like coriander.**
  疑問句：**Do you like coriander?**

題外話，香菜還真是個令人或愛或恨的食材，很好開啟話題：

- 你是香菜控，你可以說：

I am a big fan of coriander.

- 你討厭香菜，你可以說：

I am team no coriander.

注意：Do 作為主要動詞是「做；執行」的意思：

I do the laundry every day.
　我每天都有乖乖洗衣服。

Can 會、可以、可能，用來表達「能力、許可或可能性」

- **I can play tennis.** 我會打網球。
- **Can I go with you?** 我可以和你去嗎？
- **Accident can happen.** 天有不測風雲。

> ● 意外隨時可能發生

華特‧迪士尼（Walt Disney）這樣說：

If you **can** dream it, you **can** do it. 只要能夢想，凡事可成真。第一個can是有能力，第二個can則是有可能性。

詩人‧雪萊（Percy B. Shelley）這樣說：

If Winter comes, can Spring be far behind? 冬天來了，春天就不遠了。這裡的can表達可能性，春天還可能遠嗎？

Will 將會、將要，不管未來如何，意志上 100% 的強烈肯定

年輕時，很愛天韻合唱團的詩歌《眼光》，其中幾句是：

「不管天有多黑，星星還在夜裡閃亮，
不管夜有多長，黎明早已在那頭盼望。」
The longest night **will** have an end.
　　長夜將盡，意指黎明一定會來。

再以地表最強老爸連恩‧尼遜（Liam Neeson），在電影《即刻救援》（Taken）中，在電話裡狠嗆犯罪集團的殺氣台詞為例，來感受一下什麼叫做：**意志上100%的強烈肯定。**

If you let my daughter go now,
如果你現在放我女兒走

That will be the end of it.
這事情，將可以就這樣算了。

I will not look for you,
我將不會去找你，

I will not pursue you.
我也不會追緝你。

（用will強調「事情絕對一筆勾銷，我一定說話算話。」）

But if you don't,
但如果你不從

I will look for you,
那我一定會去找你

I will find you,
我絕對會找到你

and I will kill you.
然後，恁爸絕對會幹掉你。

連恩‧尼遜在打這通電話時，連女兒身在何處？敵手何方妖魔鬼怪？都完全沒有線索，也不確定能不能成功。那為什麼要用 will 這麼強烈的助動詞呢？因為老爸拯救女兒的**意志**，百分之百，絕對要進行到底。

May 許可、也許、也可以，一半一半 fifty-fifty

may 傳達的核心印象是「可能性」，當你無法完全肯定某件事是否會發生，或不確定某件事是不是真的，就可以用 may。

小朋友想上廁所，問老師 May I go to the bathroom ?老師有兩個可能的回答：Yes, you may. / No, you may not. 可以的機率一半一半，把決定權交給老師，客氣的用 may（雖然看起來機率是50%，但大部分的時候，老師都會允許啦！）

先示範 may 的**委婉功能**，以及背後可能的潛台詞：

She may not be aware of the danger.

她可能沒意識到這個危險。

> 齁！明明警告標示都說了，眼睛是裝飾用的喔！

Eating too much may lead to sickness.

過度進食，可能導致疾病。

> 吃啊！你再吃啊！現在不是唐朝，你當什麼楊貴妃！

We may not be able to afford it.

我們可能負擔不起這個東西。

把東西給老娘放下，再買這個月就要吃土了！

接下來為大家示範may的<u>禮貌功能</u>

- **May I ask a question?**
  我能不能問個問題？

- **May I have a receipt?**
  能不能給我收據呢？

- **May I have your name?**
  能不能請問您的大名？

- **May I use a credit card?**
  我能不能刷卡呢？

- **May I pay by check?**
  請問能否用支票付款呢？

有沒有發現，這些句子都超客氣的呢？ May 這個助動詞「一半一半，不把話說死」的特性，天生就內建了「委婉、禮貌」的語感，溝通時善加使用，容易贏得好人緣喔！

Must 必須、必定、不得不，帶著壓力感的強勢存在

Must 最常用來表示推測的「一定，肯定，想必」；也常

用來表示義務、責任、要求的「必須」；加上 not，must not
或 mustn't，則表示「禁止，不准，不得」。Must 是個語感
強烈、個性鮮明的助動詞。

　　同樣是表達「必須」的概念，母語人士比較常用較有彈
性的 have to，因為 must 的語氣強烈，容易讓人產生：說話
者很強勢的印象，也容易對聽話者造成壓迫感。

　　關於 must 使用上的擦槍走火，我有第一手目擊經驗。
年輕時，我還在補習班當班導師的年代，有次在安親班部門，
目睹了一個平時溫和的外師，爆走變成綠巨人浩克的過程。

　　起因是每個月底，外師都有學習報告要交，每個學生都
有一份客製化的報告，而且還中英對照，方便家長了解孩子
的學習成效。這樣的報告，是非常繁重的 paperwork，每個
月底都可以感受到外師的焦慮。

　　就在這樣的壓力下，壓垮駱駝的最後一根稻草來了。這
個溫柔的外師，趕報告趕到懷疑人生之際，他的班導師跟他
說了一句：

You must give me the reports by this Friday.
這個週五前，你必須把報告交給我。

這個must，扯斷了外師的理智線，他突然發飆大聲說道：

I must !? You are not my boss.
How can you talk to me this way ?
我必須？！你不是我的老闆，你憑什麼這樣跟我說話？

這位班導師直接嚇傻，我在旁邊也直接石化。後來我問明緣由，才發現班導師完全沒有惡意，甚至是很盡責的。她知道外師忙亂，她跟外師說禮拜五前交，已經是往後挪了期限，她打算利用自己的假日，補上中文對照的部分，才來得及週一讓教務主任檢查。

在這場衝突裡，沒有壞人，只有沒說好的話。

Must 有非常強烈的命令、禁止的意涵，真的要小心使用。剛剛的案例裡，更好的說法會是：

We have to turn in the reports next Monday. If you could give me the reports before this Friday, I can do the Chinese part on my weekend. Then, we will be fine.

我們需要在下週一提交報告。如果你能在星期五前給我報告，我就可以利用週末假期，完成中文報告的部分。我們一定可以準時完成的。

不說you，而用we，我們是同一隊的；不用 must，改用 have to，降低壓迫感；用 could 比用 can 更加婉轉謙虛。這樣聽起來，是不是舒服很多 ？

先搞定心情，再搞定事情；有話好好聊，事情容易喬。

情態助動詞，有情走遍天下

　　情態助動詞（modal auxiliary verbs），改變主要動詞的意思和語氣，以表示意願、請求、許可。除了上述語氣強烈的 must 以外，can / will / may / shall 也都是情態助動詞。

　　can / will / may / shall 的過去式是 could / would / might / should，但他們不只是過去式，在語感上，語氣較弱，也提高了不確定性，使說話者傳遞出來的態度，比較不會有武斷的感覺。因此，也會顯得更加委婉禮貌。

- **Could you pass me the salt?**
  您可以把鹽罐傳給我嗎？

- **Would you do me a favor?**
  您可以幫我一個忙嗎？

- **I might be 5 minutes late.**
  我可能會晚到五分鐘。

- **You should not be so hard on yourself.**
  你不應苛求自己。
  （委婉建議，這裡用 shall 的話，會像是在命令）

　　當你想禮貌地詢問人家事情，或是請人家做事，特別是你面對長輩或不熟的人，可善用過去式型態的情態助動詞，禮多人不怪。如果面對熟識的閨密、死黨、手帕交、好麻吉，可以選擇使用原始型態，語氣會比較自然，不會過度客氣。

核心文法意識 6
介系詞，其實是有底層邏輯的！

我的外國朋友們，在學習中文的初期，有個共通的痛點，總是弄不清楚在問句的句尾，什麼時侯該用「嗎」，什麼時候該用「呢」。

> 請問VIP會員打幾折呢？你推薦這台電腦嗎？
> 你幾點鐘會到台北呢？你是搭高鐵來的嗎？
> 咖啡要加焦糖醬還是榛果醬呢？平常有喝咖啡的習慣嗎？

親愛的，能不能請你試著告訴我，上面這些問句的文法結構？沒辦法，對嗎？非常合理，因為我也理不出頭緒來。但是你我都一樣，應該都能憑藉著「**語感**」，正確使用這兩個疑問詞。

外國朋友們遇到的困擾，在我們學習英文的介系詞時，就換我們頭疼了。In、on、at、to、for，到底該用哪一個？為什麼是用這一個？難道只能一個個死背嗎？還是我也要生出英文語感來？

英文語感，就像王菲說的：「是一種很玄的東西，如影隨形，無聲又無息出沒在心底，轉眼吞沒我在寂寞裡。」我相信，只要持之以恆學習，突然有一天，可能是一個尋常的午後，語感就會出現了。

但是，在那一天到來之前，我們還是先依靠底層邏輯吧！

介系詞preposition，說文解字拆為兩部分 pre + position，意即放在**地點位置**（position）**之前**（pre-）的詞。顧名思義，英文的介系詞，出現在地點名詞之前，用來標記「地點、方位、位置」。

介系詞的基本核心意識，是**從空間上的概念出發，然後才轉變到時間概念上，最後延伸到抽象概念上。**以下是他們最原初的用法：

- **at a spot**　強調在某個定點

at the entranc
在入口處

at the corner
在街口

at the corner
在商店

- **to a destination**　朝向某個目的方向

go to town
進城去

go to school
去上學

leads to Paris
通往巴黎

- **on a surface**　強調在接觸平面上

on the table
在餐桌上

on the roof
在屋頂上

on the wall
在牆上

- **in a container**　強調在某個容器範圍內

in a car
在車子裡

in the room
在房間裡

in the garden
在花園裡

188

- **at** 後面通常接一個地理位置，標記明確的**定點**。
- **to** 通常接一個目的地，A點趨向B點的空間**線性位移**。
- **on** 通常接一個**平面**，表達物體與此平面有表面接觸。
- **in** 通常接一個三度**立體**空間，作為明確的空間**範圍**。

這樣的順序，並不是按照大小來排列，依正確的底層邏輯而言，**at / to / on / in 表達的，其實是空間上 點、線、面、體的關係。**

理解介系詞的核心印象後，我們便可以將空間概念延伸到時間概念上。

At 的原始核心印象是「在定點」

延伸到時間概念上，標示時間軸上的一個「定點」，如同空間定點一般，是可以明確指出的一個「時間點」，例如：

at 7 o'clock a.m.
在早上7點

at night
在晚上

at midnight
在午夜

at lunchtime
在午餐時間

at the moment
在此刻

at the age of 50
在五十歲這個年紀

來看看兩個例句：

It's a shame I wasn't here to meet you. I was overseas at the time.
很遺憾我沒能在這見到你。當時（在那個時間點）我人在國外。

NBA名將，永遠的黑曼巴 Kobe Bryant 的名言：

Have you ever seen the scene of Los Angeles at 4 a.m.?
你見過凌晨四點（那個時間點）的洛杉磯嗎？

他看過，凌晨四點起床，前往球館苦練，是他的日常。

　　每天凌晨四點，洛杉磯仍然在黑暗中，Kobe就在前往球館的路上。十多年過去了，洛杉磯的街道沒有改變，但他已變成了肌肉強健、球技全面、對抗性卓越、求勝意志堅強的頂尖運動員。
　　長期自律和堅持鍛煉，是Kobe置身偉大行列的祕訣。勤奮不懈的曼巴精神（The Mamba Mentality）絕對值得英語自學者效仿！

To 的原始核心印象是「由 A 點向 B 點的位移」

To 標記由A點趨向B點的空間位移，有明確的方向性，後面接的大多是「空間標的」，用中文來理解，最接近的字彙是「去」和「到」。

- **We went to Madrid last year.**

  去年我們去了馬德里。

  從所在的國家（A點），移動到西班牙的馬德里（B點）。

- **I walk from home to the school.**

  我從家裡步行到學校。

  從自己的住家（A點），移動到了學校（B點）。

經由時空概念的轉換，「空間標的」可以轉變成「時間標的」。有從「A時間點到B時間點」的意涵：

- **They will stay from Friday night to Sunday morning.**

  他們停留的時間，將會從週五晚上（A點），到週日上午（B點）。

- **I'll be on duty from 8 am to 10 pm.**

  我的值班時間會從早上8點（A點）到晚上10點（B點）。

然後，「時間標的」可以再延伸到「抽象標的」上。
有從「A狀態到達B狀態」的意涵

- **Mary sang the baby to sleep.**
  瑪莉唱歌哄睡了嬰孩。

  嬰孩從醒著（A狀態）到睡著（B狀態）。
- **She always tries to work to perfection.**
  她總是努力將工作做到完美。

  從不夠完美（A狀態），到臻於完美（B狀態）。

On 的核心印象是「剛好在接觸面上」

標示時間上的接觸面，有「在明確時日上」的含意，特別是「日期」。日期是明確的時間單位，提供了可以放置事件的接觸面，表達事件發生在這個特定時日上面。節日、日期、星期幾、明確日期上的某個時段，通常會使用on作為介系詞。

on Christmas / on Christmas Eve
on Independence Day / on Monday
on Monday afternoon / on March 17th
on the afternoon of Friday the 17th of March

最後這個很長的時間，不是硬寫出來的喔！ 生活中的確有可能出現這樣的對話：「經理，您在三月17日那週的週五下午，有場重要會議。」

- **What are you doing on Friday night**？
  週五的晚上，你有什麼搞頭？
- **Michael was born on November 21st.**
  Michael是11月21日出生的。

  哪一年就不要問了 XD

- **On a clear day you can see Jade Mountain from my house.**
  真的！天氣晴朗時，從我四伯父家，在彰化田中就能看見玉山。

正常而言，小時hour的介系詞是in，這裡有個特例。

- **The bells in the clock tower ring every hour on the hour.**
  鐘塔裡的鐘，每個小時的整點，都會響起鐘聲。
→ 用on強調，剛好發生在時間的接觸面上。

In 的原始核心印象是「包含在範圍內」

用在時間概念上，標示一段「時間上的範圍」，時段可長可短。年、月、週、時，都是「時段」。按時間單位小大，為大家排列如下：

in an hour　　**in the afternoon**　　**in 2 weeks**
在一小時內　　　在下午　　　　　　　在兩週內

in November　　**in 2012**　　**in a decade**
在11月　　　　　在2012年　　　在十年內

in the 19th century
在十九世紀裡

- **Dinner will be ready in half an hour.**
  半小時內，晚餐就會準備好了。

- **I like to go jogging in the morning.**
  我喜歡在早上去慢跑。

- **This is the first steak I've had in three weeks.**
  這是我三週以來，吃到的第一塊牛排。

- **We're going to Japan in April.**
  我們四月要去日本。

- **I started working here in 2018.**
  我從 2018 年起，開始在這裡工作。

- **I haven't had a decent night's sleep in decades.**
  幾十年來，我沒有睡過一個像樣的夜晚。

- **Life in the 19th century was very different from what it is now.**

  19 世紀的生活，與現在大不相同。

最後，帶大家來感受一下 at / to / on / in 的語意延伸：

at a store 空間定點 →	at 12 am 時間定點 →	good at English 專長優點
go to the park 空間移動 →	9 am to 5 pm 時間移動 →	moved to tears 感動到流淚， 狀態移動
on a table 空間接觸面 →	on Monday 時間接觸面 →	books on India 關於印度的書， 主題面向
in a classroom 空間範圍 →	in an hour 時間範圍 →	interested in art 對藝術感興趣， 抽象範圍

　　介系詞變形路徑：由**空間**原型出發，轉換至**時間**概念，做**抽象延伸**使用。從空間開始理解，把底層邏輯弄清楚，就能慢慢建立語感；一旦語感建立了，就不用一個一個死背，把注意力用在記「例外情形」即可。

12

學以致用關

從一個人到一群人
的學習旅程

語言學習的前期，大部分的時間，是一個人的旅程。

特別記得當兵時，無數個站夜哨的夜裡，拿著手裡的小筆記本，唸得津津有味的那段時光。我花了好多的時間，儲備自己的語言能力，一個人，孤單卻不孤獨，有學習語言的快樂陪著我。

這段語言輸入的累積，是千金不換的寶貴資產。因為這些累積，讓我日後有機會能利用所學，結交能拓展視野的外國友人，為青春的歲月，留下美好無匹的回憶。

相較於同齡的語言學習者，我當時的程度頂多算中間，連中上都沒有。有太多當時比我厲害的人，在往後的日子裡，並沒有迎來英語程度的大爆發。我思索著其中的關鍵，後來發現可以用這九個字來說明：「高築牆，廣積糧，緩稱王。」

好多臺灣的學生，在「高築牆，廣積糧」的環節，已經是傾盡全力在落實了，背了很多單字，讀了很多文章，聽了很多英語。但英語能力的關隘，卻是落在這「緩稱王」上。

花了好多時間累積實力，等待著完美的時刻，要開口說英語。等著等著，「等到花兒也謝了」，完美的時刻還是沒來，一緩就是半輩子。

當年我真的很認真學習，但造成不同的，卻不只是認真而已。當年我做對的，是把這九個字，改了其中一個字：**高築牆，廣積糧，「敢」稱王**。

既然認真輸入了那麼久，那就勇敢拿出來用吧！完美不可得，但每一次的開口、每一次的犯錯，都使我們離完美更接近了一點。

我很敢開口說英語，不管說得合不合理。回顧我此生最不敢開口的時刻，不是我學習語言的初期，而是我剛正式成為英文老師的時候。在當數學老師時，臉皮比犀牛皮還厚，根本不在乎說對說錯；成為英文老師後，反而有了「偶像包袱」，害怕說得不夠漂亮的英語，會有損專業形象。

Perfect is the enemy of good. 形象、偶包、完美主義，是語言學習者的大敵。我花了一年左右的時間，才甩開了這個阻礙我持續進步的敵人。

我要鼓勵夥伴們以現有的程度就開始使用英語，其實你已經累積夠多了。大部分的多語言習得者 （polyglots），也都會鼓勵你 speak from day one，從學習目標語言的第一天起，就開始使用它。

你可能會遇到的另一個關卡，會是個性「內向害羞」。但自從我認識《安靜是種超能力》（Quiet is a superpower）的作者 Jill 張瀞仁後，我發現內向和害羞，要分開來談。

「害羞」不能和「內向」畫上等號。

內向者，也有意願和他人互動，只是更偏好深度的一對一交流。因為看重他人的感受，因此不喜歡表面的社交式問候；因為感受的天線打很開，所以覺得人多的地方很耗能，因此需要獨處的時間來「充電」。但是，當內向者準備好開口時，雖然話不多，全世界卻都會認真聽你說。

害羞其實不是個性，而是相對的情緒狀態。害羞是遇到不熟悉的人或環境時，因為還沒掌握好應對進退的策略，產生的緊張、恐懼、不安定感和缺乏自信。透過資訊的蒐集與掌握，加上事前的充分練習，即可有效減少害羞感。

　　簡單說。作為語言學習者，你的個性可以是內向的，而害羞的感覺，其實有方法克服。（強烈推薦 Jill 的《安靜是種超能力》給珍貴的內向者們。）

　　本篇的開頭，我說：「語言學習的前期，大部分的時間，是一個人的旅程。」 通過了累積的階段，克服了偶像包袱和害羞後，我們繼續往外走，就有機會可以遇到一群人。可能是學習同樣語言的夥伴，可能是你目標語言的母語者，可能是和你擁有相同興趣，卻身在地球另一端的同好。

　　我走過一個人的旅程，孤單而美好；我更享受有人同行的學習，可以彼此幫補、互相扶持。無論你累積英語能力多久了，**如果沒有對象可以真正使用出來，都很容易變成紙上談兵。**

　　很能讀、很能聽，甚至透過回音法、跟讀法，練出了很漂亮的發音，如果沒有機會實際使用，就會很像在游泳池旁邊，學習基本動作的游泳者。沒有經過下水的實戰操練，所有的累積其實都停留在知識層面，沒有人是靠「思考」，學會如何游泳的。

語言學習宇宙的奇異點，將在你真正有機會把英語，對活生生的人使用出來時，產生大爆炸式的進展。

　　好消息是透過網路、社群媒體，現在要找到這「活生生的人」，比我當年學習英語時，容易許多。現在有許多網站、App，可以進行語言交換夥伴的媒合，Conversation Exchange、Speaky、Easy Language Exchange 等，或是用 "language exchange sites" 這個關鍵字，在 Google 上搜索更順手的資源。

　　如果偏好實體聚集，透過臉書上的搜尋欄，你也可以找到臺灣各地的語言交換社群。（語言交換、language exchange、臺灣多語咖啡）

　　幾個語言交換時的**重要提醒**：
　　❶ 只交換語言和文化。最重要的，不要和語言交換夥伴，有金錢上的往來，免得遇到假藉語言交換之名，行詐騙之實的惡意份子。同理，也要小心只想交換體液的愛情騙子。
　　❷ 確認彼此的語言交換需求。確認目前的程度、想進步的方向、感興趣的談論主題，學習時遇到的瓶頸等。
　　❸ 約定好「糾正」的默契。語言交換時，「協助對方除錯」是非常重要的功能。要在什麼時機、多常的頻率、用什麼方式糾正，兩人要事先溝通好默契。
　　❹ 建立抓漏筆記。身為母語使用者，對方能輕易發現我們的缺失，並提供改善的建議。這些建議，往往就是我們的

盲點，要好好記錄下來，於日後複習時，常常提醒自己。

❺ **設定談論主題**。可於每次結束對話時，約定下一次的談論主題和範圍，方便兩個人在下次對談前，可以先做功課，以免陷入尬聊。

先幫你打個預防針，語言交換最困難的，不是找到人，而是找到「合拍的人」。所以在剛開始語言交換時，你一定會遇到聊不下去的人，這是常見且合理的，他可能也覺得你很難聊呢！ XD

請試著越過初期媒合的挫敗，因為與你合拍你的語言學伴，正在地球的某個角落等待你，多嘗試幾次來找到他吧 ！願天下有勤人，終有歸屬。

> Michael
> 老師
> 微補充
>
> 　如果你很幸運，找到了適合的語言交換夥伴，也決定了聊天的主題，怎麼樣有效率地準備聊天的素材呢 ？ 你需要做的功課大概會是 ： 先用中文 Google 該領域的資訊和知識，事先查好常用的單字，準備好可能會用到的句型。這些努力會花費大量的時間，而結果可能還不夠完全，這時候就可以請出 wikiHow 來助陣。

　　wikiHow，名字長得很像維基百科 （Wikipedia），它的功能的確也很像維基百科，差別是聚焦的範圍不同，wikiHow的願景是建立 "the how-to guide for everything"，想做但不知道如何著手的事，都可以問wikiHow。正如首頁的搜尋欄上寫的：wikiHow to do anything…

　　為了確保內容的可靠性，特別是在健康、醫學、法律、金融和心理學等領域，特約撰稿人會諮詢主題專家（subject-matter experts），提升整體網頁的資訊正確性。

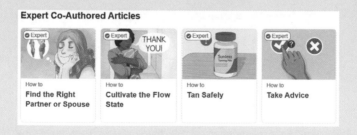

　　首頁上有一整排都是專家共同編輯的文章，如上圖的 "Expert Co-Authored Articles"，由左至右的主題分

別是：如何找到正確的伴侶或配偶、如何建立心流的狀態、如何安全地曬出漂亮膚色、如何接受建議，完全就是包山、包海、包生小孩。

如果有特定想了解的主題，也可以透過搜尋欄，輸入感興趣的關鍵字。我們以"set a fish tank"（設置水族箱）為關鍵字，可以找到許多相關的文章。文章的說明欄若有"**Expert Co-Authored**"的字樣，就是專家共同編輯，可信度較高，瀏覽人次也明顯多了超過一倍。

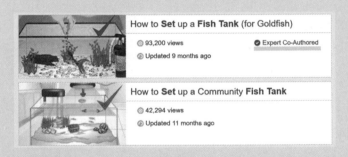

wikiHow的文章，為什麼能幫助我們準備談資呢？原因列舉如下：

❶ 所有的文章幾乎都是英語母語者寫的，基本上都能夠達到正確、通順的要求，可以整句直接複製使用。

❷ 文章裡的單字選用，都是母語人士真正會使用的詞彙，比我們自己硬查漢英字典找到的字，正確度提高許多。

❸ 文章以主題區分，一次把談論此話題需要的相關單字、常用句型，都整合在同一篇文章裡，方便我們學習。

❹ 文體以說明為主，沒有複雜艱深的句型，我們可以向母語者學習，如何清楚、簡明的說明事物。

❺ 幫助我們擴張知識的邊界。除了語言學習之外，增廣見聞本身就是增加談資的必經之路。

我們以設置金魚水族箱的第一段文字為例：

Consider the size of your fish tank.
考慮適當的魚缸大小

Goldfish require particularly roomy living arrangements in order to stay healthy. While they are pretty small fish, they need larger tanks than you might expect.
金魚需要特別寬敞的空間配置，才能保持健康。雖然它們是非常小的魚，但它們需要比您想像的更大的魚缸。

- **roomy**，room 加個 y，變成形容詞「寬敞的」
- **living arrangements** 生活空間的安排，宜翻成「空間配置」。

You can do better than a bowl. Despite the beauty of a goldfish suspended in a sphere of glass, most fishbowls simply don't provide enough room for their occupants.

你有比球型金魚缸更好的選擇。儘管懸浮在球型空間的金魚很美，但大多數的金魚缸，其實無法為居住者提供足夠的空間。

- **suspended** 常翻成暫停、中止，魚暫停在水中，翻成「懸浮」
- **in a sphere of** 在……的範圍中
- **sphere of influence** 影響範圍
- **room** 不翻成房間，而是空間。
- **occupants** 居住者，在文章裡指的是金魚。

A single fancy goldfish can be kept in a 10 gallon tank, but a comet goldfish need a tank of around 50 gallons. If you like to add more goldfish to your tank, you're going to need to increase the capacity of your fish tank by roughly 10 gallons for each additional fish.

一條扇尾金魚，適合養在10加侖的水族箱中，但彗尾金魚則需要大約50加侖的水族箱。如果想添加更多金魚，每增加大約10加侖的水量，可以增加一條魚。

- **fancy goldfish** 扇尾金魚，身體圓滾滾，尾部花俏寬大的那種。

- **comet goldfish** 彗尾金魚，身體細長，尾部結構簡約，游速較快。
- **10 gallon tank**
  「10加侖的水族箱」，gallon不加s。
- **10 gallons** 10加侖的水量，當量詞使用，需要加s。
- **1 gallon** 約等於3.8公升，約等於 2盒Costco自有品牌的鮮奶。
- **capacity** 容積、容量、生產能力

　　小小一段文字，就充滿超多知識點，我也是在書寫這篇時，才知道金魚竟然也有胖瘦之分，以及適當的「魚水比例」。

　　找到你感興趣的主題，直接向母語者學習，如何用英語談論這些事物，能有效率地準備聊天的素材。把我的撇步分享給你，馬上就來試試看吧！

https://www.wikihow.com/Main-Page

13

拋磚引玉關

問個好問題，不怕沒話題

總是被誤以為活潑外向的我，其實原本並不擅長聊天，現在和誰都能聊上幾句，應該和三段人生經驗有關。這三段時間的「特訓」，快速累積了試錯的機會，並且透過多次的修正，摸索出了與人建立連結、產生互動的方法。

　　第一段的訓練，是當兵時莽撞又勇敢的決定。為了不浪費放假、收假時，在火車上通勤的時間（通常單程都有兩小時左右），我給自己設定了一項任務：每次上火車，我都會從第一個車廂，走到最後一個車廂，尋找可能有攀談機會的外國人，盡可能地聊上幾句。如果當天沒有外國朋友，就啟動B計畫，回到劃定的座位入座，無論旁邊坐的是誰，也要想辦法聊上幾句。

　　一開始真的好難，我都只敢在入座時，給對方一個微笑，然後就尷尬地坐下。心裡面的小劇場閃過數十句台詞，卻連一句都不敢講出來，一路撐到要下車了，才又友善的點點頭，吐出一句：「再見。」

　　磨了一年10個月下來，我的臉皮逐漸變厚，開始能自在地與人攀談，也因此聽了好多精彩的人生故事。

　　第二段訓練，是創業開補習班的初期，為了增加營業收入，養活自己，我開了一門課叫：《Talk with Michael 麥克老師聊天室》。當年每小時收費500元，沒有課綱、沒有進度的一對一課程，就真的是來找我聊聊天。我會按著孩子的年齡、需求、瓶頸，來引導聊天的走向，梳理他們少年維特的煩惱。

　　有位非常聰明，但心中缺乏安全感的孩子，經過一段時間的「聊程」後，安穩了心神，最終順利考取台中一中（畢

業後考取台大資工）。經此一役，這堂課便在貴婦圈中傳了開來，好多「家長認為」需要談談心的孩子，來到了我的課堂中。

後期這些孩子，好多是被家長威逼利誘來的，常常進到教室，情緒都寫在臉上，耳朵和心門都是關上的。每一堂課，對我而言都是破冰和融冰的操練。每堂500元，錢宇宙無敵難賺，但我賺到了如何打開心、用心聽的聊天技巧。

第三段的訓練是現在進行式，是我每個禮拜在教會的服務：接待初次來訪的新朋友。每個禮拜，接待兩組新朋友，7年下來，我接待了至少700個陌生訪客，破冰、找話題、問問題、建立信任，幾乎練成了肌肉記憶。

每個人帶著不同的故事來到教會，只要你問對問題，他們都有精彩的故事要說。**悲傷的、心碎的、振奮的、感動的、怪誕的、神奇的人生故事，都等著一個適切的問題來開啟。**

這三段訓練，都與**問題的拋接**和**傾聽**有關。我發現，好問題不僅能打開話匣子，也有機會打開一扇心門。

以下為大家整理好用的聊天問句，與你分享的不只是英語知識，也是我實戰演練後的心血結晶。這些問題，不管是用英語問、用中文問，都會是很好的 conversation starter。

起啟對話，提問問題的核心原則是：「**由輕到重、由外到內、由淺到深**」。以我每週接待新朋友為例，我希望更認識對方，卻又不想造成「一直打探消息」的感受，通常我會這樣做：開口先稱讚，先暖心再破冰。不直接問住址，而是問住在哪一區？不直接問在哪工作，而是問在哪個產業服務？不直接問信仰背景，而是問有沒有去過教會？不操之過

急，等候對方願意，一層一層，往內深談。

接下來，我們也以此原則，由淺到深來為問題分類。

破冰開場類

Excuse me, Madam. May I sit here?
打擾了，女士。我能坐在這裡嗎？

我永遠不會忘記這句開場白，這是我第一次開口，與完全陌生的外國人聊天。當兵放假返鄉時，在岡山火車站候車，遇到一群美國來訪的退休志工，我相中其中一位女士，鼓起勇氣說了這句話。她回答我 Of course. Wow! You speak good English.（當然可以，你的英文說得真好。）我的問句其實非常老派，但她的回應讓我信心倍增，不愧是心中有愛、樂於付出的人，超級會鼓勵人。然後，我們就在車站月台聊了起來。

一聊下去，發現她超有料、超健談，還是位武術、育兒和教導寫作的作家。（Linda Davis Kyle, Amazon 上可以找到四本她的著作）我聽著她精彩的故事，我完全捨不得離開，索性跟著他們一群人，坐上不停靠田中站的自強號，一路北上到台中站，才折返 南下回彰化田中。多繞了一段路，但完全值回票價。

- **Wow, it's so hot / cold / crowded / in here.**
  哇！這裡可真 熱 / 冷 / 熱鬧呀！

拋出這個問題，只是為了製造眼神接觸和回應的機會。

- **I love this purse / necklace / scarf / bracelet. It goes so well with your outfit. Where did you get it?**
  我超喜歡你的錢包 / 項鍊 / 領巾 / 手鍊，它和你的服裝根本絕配，你在那裡買的呀？

同理，這個稱讚和問句的重點，是創造對方回應的機會。

- **How did you get here?**
  你今天怎麼來的呢？

- **Where are you from?**
  你從哪裡來到這？

- **Are you having a good time?**
  今天還開心嗎？

- **Have you ever been here before?**
  你之前有來過這裡嗎？

- **What's your favorite food here?**
  你的必點菜色是什麼？

　　這些問句，都是輕鬆、容易回答的題目，我們也可以透過對方回應的態度，來判斷對方是否有空、有意願繼續聊下去。**釋出善意，察言觀色，不需要硬聊、尬聊。**

輕鬆閒聊類

　　聊什麼不是重點，答什麼也不重要，重點是開啟話題、建立連結。適用於有點熟、但不太熟的人際圈，聊著聊著，可能就聊出一片天了呢！

　　電影是萬年不敗的主題，輕鬆無壓力，人人都能聊兩句。

- **How often do you see a movie in the theater?**
  你多常進電影院看電影呢？

- **What makes you to choose to see a movie in a theater rather than at home?**
  什麼原因讓你選擇去電影院觀影，而不是在家觀看影片？

有人說音效好、螢幕大、氣氛佳，但我最喜歡這個回答：
They have better popcorn.

> 啊就爆米花比較好吃啊！

- **What do you think has been the best movie of the year so far?**
  到目前為止，你覺得今年最棒的電影是哪部？

> 致敬 60 歲的阿湯哥，2022 年唯一指名《捍衛戰士：獨行俠》。

- **What kinds of movies do you most enjoy?**
  你最享受哪些類型的電影呢？

documentary	comedy	romance
紀錄片	喜劇片	浪漫愛情片
action movie	horror movie	drama
動作片	恐怖片	劇情片
adventure	science fiction	thriller
探險片	科幻片	驚悚片
musical	suspense movie	epic
歌舞片	懸疑片	史詩片
kung fu movie	western movie	detective movie
功夫片	西部片	偵探片
superhero movie		
超級英雄片		

- **Which movies have you watched over and over again?**

  哪一部電影，讓你再三回味、一刷再刷呢？

  我主動再刷的是 "Love Actually"《愛是您‧愛是我》，被動再刷的是第四台無限迴圈的《唐伯虎點秋香》。

- **What's the worst / best tasting thing you've ever eaten?**

  你嘗過最糟糕／最美好的食物是什麼呢？

  我嘗過過糟糕和最美好的食物，是同一個。那是在印度貧民窟裡，用汽油桶蓋當鍋子，以塑膠袋、紙屑當燃料的印度烤餅。最糟糕，因為它充滿塑膠燃燒後的臭味；最美好，因為他們把自己擁有的，全部與我分享了。

- **When you travel, do you pack too much or too little?**

  旅行時，你是過度打包，還是打包不足的那種人？

- **What food do you eat for comfort?**

  你的「療癒系食物」是什麼呢？

- **What's your favorite sport?**

  你最喜歡的運動是什麼？

- **Who's your favorite singer / comedian / actor?**

  你最喜歡的歌手 / 喜劇演員 / 演員是誰呢？

- **What is the one thing you can't live without?**

  什麼是你生活中不可或缺的事物？

個人偏好類

這些問題，讓回答者有機會展現自己的不同，透過對事物的好惡，或是喜愛程度，我們得以更認識一個人。

- **Are you a hugger or a non-hugger?**

  你是擁抱系還是非擁抱系的呢？

- **Are you more of a rule breaker or a rule keeper?**

  你更像是打破規則的人，還是遵守規則的人？

- **Do you think you're an introvert or an extrovert?**

  你認為自己是內向者，抑或是外向者呢？

  抱緊處理 or 報警處理？

- **Are you usually late, early, or on time?**
  與人相約時，你經常遲到、提早到，或是準時到呢？

- **Are you an early bird or a night owl? Why?**
  你是早起的鳥兒，或是夜貓子呢？為什麼？

- **On a scale of 1 to 10, how much of a perfectionist are you?**
  1到10分打個分數，你是幾分的完美主義者呢？

- **What's your favorite season of the year?**
  一年之中，你最喜歡的季節是什麼呢？

- **Where's your perfect dream vacation spot?**
  你的完美夢幻度假景點是哪裡呢？

- **What's your favorite quote? Why is it special to you?**
  你最喜歡的名言佳句是什麼？對你而言，它為何如此特別？

- **What social issue fires you up?**
  哪種社會議題，最容易激起你的情緒？

好漢要提當年勇類

　　如果和年紀稍長的長輩、公司的前輩談話，一定要為他們創造機會，談談過去的經歷。他們通常都會講得很開心，不但能拉近距離、提升好感度，也能從他們的成功或失敗中，汲取可用的經驗。

- **What was your proudest moment?**
  人生中感到最自豪的時刻是什麼時候？

- **What's the most dangerous situation you've encountered?**
  人生中遭遇過最危險的處境是什麼？

- **Have you ever helped a total stranger? If so, how?**
  你曾經幫助過素昧平生的陌生人嗎？如果有，當時的情形如何？

- **What's the best advice you've ever been given?**
  你曾經收到最好的忠告是什麼？

- **How many foreign countries have you visited? Which one stands out in your memory?**
  你造訪過幾個國家呢？哪一個留下了特別鮮明的回憶？

- **What's the best thing you ever built or created?**
  你創建過最好的事物是什麼呢？

- **What were the random acts of kindness you ever offered?**
  你曾給予的隨機善舉有哪些？

　　經過捐血車時捐血、給相對不便的人讓座、多給幾成的小費、買飲料慰勞社區的服務人員，都算是 random acts of kindness。這些小小的善意，能讓我們如常的一天，增添精彩的火花。

天馬行空類

　　朋友間偶爾來點充滿想像力的話題，常能帶來笑聲和創造力。任由思緒奔放一下，奇思妙想就是這樣聊出來的。不管對方的答案是什麼，都可以<u>透過 "Why?" 追問，來延伸話題</u>。

- **If you could go back in time, what year would you visit?**
  如果你能回到過去，你最想造訪哪個年代？

- **If you could be any celebrity, who would you want to become?**
  如果你能成為任何一個名人，你想成為哪一位？

- **If you won a billion dollars in the lottery, how would you spend it?**
  如果你贏得了10億元的樂透頭彩，你會怎麼使用這筆錢呢？

- **If you could host a talk show, who would you have on first?**
  如果你可以主持談話性節目，你首先會請誰來上節目？

- **What superpower do you wish you could have?**
  你希望擁有的超能力是什麼呢？

- **If you could write a best-selling book, what would you write about?**
  如果你可以寫一本暢銷書，你會選什麼主題來寫？

- **If you were face-to-face with Jesus, what would he say to you?**
  如果你和耶穌面對面，你覺得祂會對你說什麼？

- **If you could have dinner with anyone，living or dead, who would you choose?**
  如果可以和古今中外任何人共進晚餐，你會選誰？

　　最後這句是食品公司的廣告主題，宗教領袖、政治人物、影視名人，都在成人的選項中。小朋友們的答案，則出乎意料一致，直接爆擊我的淚腺。YouTube 搜尋：MasterFoods - 'Dinnertime Matters'，我就問你一句：是不是很好哭？

表達觀點類

　　這一類的問題，沒有標準答案，同樣一個問句，不同的人來回答，答案五花八門。透過問題的答案，我們有機會更深地認識對方。順便也利用這組問題，幫大家示範「**萬用抽換問句**」，**加底線的字，都可以按正確詞性抽換**，成為新的句子？

- **What does "success" mean to you?**
  「成功」對你而言的意義是什麼？

- **How would you define "freedom"?**
  你會如何定義「自由」？

- **What do you think is the secret to a happy marriage?**
  你認為幸福婚姻的祕訣是什麼？

- **What's more important, a healthy mind or a healthy body?**
  對你而言，健康的心靈和健康的身體，哪個更重要？

- **What's the best approach for resolving conflict?**
  解決衝突的最佳方法是什麼？

- **What's the best way to earn another person's respect?**
  贏得他人尊重的最佳方式是什麼？

- **How do you measure contentment?**
  你如何衡量滿足感？

- **Who's the greatest leader of all time? Why?**
  誰是有史以來最偉大的領袖？為什麼？

- **What's the difference between intelligence and wisdom?**
  聰明和智慧之間的差別是什麼？

走心深談類

酒逢知己千杯少，話不投機一杯倒。遇到有共鳴的朋友，我們可以往心裡走，談些更有重量的話題。

- **What books have made a big impact on you?**
  哪些書對你造成很大的影響？

- **Who is your role model?**
  誰是你的人生榜樣？

- **When you are happy, how do you like to celebrate?**
  當你快樂的時候，你喜歡怎樣慶祝？

- **On a scale from 1 to 10, how happy do you usually feel?**
  1到10分打個分數，你通常感覺有多開心？

- **What in this world breaks your heart?**
  世界上有什麼事，會讓你感到心碎？

- **When you feel sad, what do you do to find comfort?**
  當你感到難過時，你會做什麼來尋求安慰？

- **What is your definition of a miracle?**
  你對奇蹟的定義是什麼？

- **What kinds of things do you pray about most frequently?**
  你最常為哪些事情祈禱？

- **How do you feed your soul?**
  你如何餵養你的心靈？

- **What are the top three things on your bucket list?**

  你的遺願清單上的前三件事是什麼？

  電影《一路玩到掛》的英文片名就是 "The Bucket List"

以上就是能夠展開對話機會的各種問句。透過問問題和積極傾聽，讓我認識了好多精彩的人。如果你目前的英語能力，還不足以進行全英語對談，**你也可以先用中文，開始在生活中，練習當個善於發問、樂於傾聽的人。**

能用中文當個好聊、能聊的人，才有可能在使用第二語言時，也能成為一個好的溝通者和傾聽者。期待有一天，我們在某個城市相逢好好聊一聊，我樂意聽見你的故事。

14

寫作啟蒙關

初級寫作者的三道濾網

聽說讀寫，層層漸進，寫作是語言學習裡的終極挑戰。

自學英語的初期，在手邊沒有字典輔助的狀態下，我寫出來的作文簡直是災難。開始寫作練習，才發現自己真實掌握的單字量，比想像中還要貧乏許多。

什麼叫做真實掌握呢？就是能夠不靠提示，把單字拼出來。邀請你一起來體驗一下，單字跟我們有多不熟。請憑印象，在下面的空格中，寫出10個你能正確拼讀的英語動詞。（助動詞不算喔！）

好，現在再看一眼，是不是幾乎都是常見的單字？ 進行口語溝通時，這些字其實是夠用的；若是在進行書寫時，如果用字這麼侷限，文章就容易流於粗淺，也很難寫出趣味和美感來。所以才說，寫作是大魔王啊！

不用感到挫折，你叫住在臺灣十年的老外來寫中文，情況會更加慘烈。除非是研究漢字的學者，一般外國朋友寫出來的詞彙，可能連小學三年級的程度都不到。中文文字的書寫，更是終極魔王。

這麼難，怎麼辦？最佳解是找到有寫作教學能力的好老師，陪伴我們度過初期寫作的難關，就像當年我遇到的Karen 老師（詳見《英語自學王》九病必成良醫——受指導的寫作練習）。如果沒有良師相伴，還有次佳解的科技解方。

我很常運用這套方法，來為自己的寫出來的句子抓漏，

我們就稱它為「麥氏寫作三重濾網」吧！文章由段落組成，段落由句子組成，句子是寫作的基本單位。在寫篇章段落前，先要有把句子寫好的能力，這三重濾網可以幫上忙。

三道濾網分別是：Google 翻譯、Ginger Software、Google 搜尋引擎。三道濾網都是常見工具，組合起來卻能發揮強大綜效，具體操作流程如下。

Step 1 Google 翻譯

不是利用它來中翻英，這樣做很難產生學習效益，而是先把想寫的句子，用中文想好後，先自己試著用英文寫出來。比方說我寫這個句子：「為我們帶來的不便，我們感到非常抱歉。」假設寫出的句子是 "We are very sorry to the inconvenient we brought to you." 這樣寫對嗎？外國人能看懂嗎？問 Google 翻譯就知道。如果AI人工智慧能看懂，真人也應該能看懂。

將句子複製貼上在 Google 翻譯，請它翻成中文。

系統判讀的結果如下 ：

中文 (繁體)	英文	中文 (簡體)	∨

給您帶來的不便，我們深表歉意。

　　和我們要表達的意思相距不遠，「語意」沒有問題，可完成基本溝通，第一道濾網過關。

Step2　**Ginger Software**

　　Ginger Software 是免費的文法勘誤與寫作改善軟體，也有 Premium 方案可以付費升級，我使用的是免費版。第二道濾網處理的是「文法正確性」與「拼字、用字正確性」。將剛剛的句子，複製貼到 Ginger 上，並點擊右下方的「 Correct 」。

你會得到下面的勘誤結果，系統建議在 inconvenient 後面，加上「逗號」。

如果輸入的句子，沒有文法和拼字的錯誤，你會看到如下的結果，系統會告訴你 "No mistakes detected!"。（偵測結果無誤）

Check Text　　Check Word Document　　✓ No mistakes detected!

Michael is a very good teacher.

文法偵測完成後，如果按下「Rephrase」（重新措詞、換句話說），系統則會提供其他的說法，如下圖：

Rephrase suggestions　　Free trial 2/40 – Upgrade to Premium

We are very sorry **for** the **inconvenience**, we brought you.

We**'re** sorry **about** the **disturbance**, we brought you.

We**'re so** sorry **for** the **inconvenience**.

We**'re** sorry **for your trouble**, we brought you.

透過 Rephrase，我們可以學習到幾件事：sorry 後面的介系詞，好像更常使用 for。Inconvenient（形容詞）應改為 inconvenience（名詞）會更好。Inconvenience 還可改寫成 disturbance（干擾，名詞）。

Rephrase 是付費升級版的功能，免費版則有Rephrase的試用次數上限。使用免費版時，用滑鼠指向想要替換的字，快速按兩下左鍵，會顯示該字的同義字（Synonyms），可供寫作時參考與替換，也能發揮部分的 Rephrase 功能。

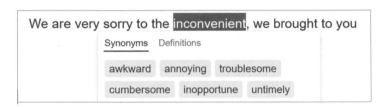

Step3 **Google 搜尋 進階使用**

通過 Ginger 的拼字與文法檢查，基本上已經是沒有重大錯誤了，為什麼還需要 Google 搜尋？第三道濾網，處理的是「道不道地」的問題。先來說明一下，Google 的搜尋邏輯。

• 邏輯一

空一格 → Google 收到的指令是 "or"，擇一相關，即符合搜尋條件，幫助我們擴大搜尋範圍。

咖啡保溫杯，找到的可能是「咖啡專用咖啡杯」

咖啡 保溫杯，則咖啡或保溫杯都在搜尋的範圍內。

• 邏輯二

" " → 英文的引號，Google 收到的指令是 "完全相同"。請幫我找到「字數、字的順序」完全吻合的內容。幫助我們精準搜尋，節省時間。（記得要用英文引號，而非中文的上下引號。）

搜尋 "地球上比 Michael 顏值更高的老師"：

會得出這個結果，並不是因為我的顏值很高，而是整個中文網路世界，沒有人用同樣的「字數、字序」，寫出一模一樣的句子，所以連 Google 大神也找不到。嚴謹說，不是找不到，而是翻了一圈網路後，發現根本不存在。

• 邏輯三

* → 星號，萬用字元，Google 收到的指令是「幫我隨便

找個東西填進去」。這個邏輯單獨存在時，並沒有突出之處，但如果和邏輯二合併使用，就能發揮語言學習的效果。

• 邏輯四

引號加星號，迸出新綜效。引號、星號並用時，Google 收到的指令是「除了 * 的位置任填之外，其他的字必須一模一樣」。

以 "We are very sorry to the inconvenient we brought to you." 為例，經過了 Ginger 修正後，這個句子我們決定改成 "We are very sorry for the inconvenience, we brought to you."

但這裡的 very，還是非常礙眼，因為它實在是太淺白了。希望增加文字的豐富程度時，邏輯四的指令，可以解決這個問題。擷取想改善的部分，前後加上 " "，把想抽換的字，用 * 代替，如下圖：

我們擷取句子的前面一部分，前後加上引號，並且把想換掉的 very，用 * 來取代。Google 收到的指令是，把網路上符合 We are ＿＿ sorry for 的句子，幫我全部找出來。我們來看看，找到了那些結果。

We are deeply sorry for 深感遺憾

https://www.theguardian.com › aug › ins... ▼ 翻譯這個網頁
Insurer Phoenix Life is indifferent to my elderly aunt's plight
1 小時前 — It says: "This case has fallen well below the standards we expect and we are deeply sorry for the obvious frustration and upset this has ...

We are terribly sorry for 感到不安和遺憾

https://www.collinsdictionary.com › terri... ▼ 翻譯這個網頁
Terribly sorry definition and meaning | Collins English Dictionary
We are terribly sorry for your loss. Christianity Today (2000). None seem to be terribly sorry. Times, Sunday Times (2009).

We are genuinely sorry for 真誠地感到抱歉

https://www.mindbodygreen.com › articles ▼ 翻譯這個網頁
You Don't Always Have To Apologize. Here's When You Should
2018年9月17日 — The time to apologize is when we are genuinely sorry for our behavior, and we plan on doing whatever inner work we need to do to not repeat ...

We are extremely sorry for 極為抱歉

https://www.tripadvisor.com › FAQ_Ans... ▼ 翻譯這個網頁
Dear valued guests we are thankful for your... - TripAdvisor
We are extremely sorry for any inconveniences or discomfort that you experienced during your stay here, with us at "The Apsara Centrepole".

　　這些是不是都比 very 好很多？ 透過這個搜尋技巧，我們可以學習母語者的用字，模仿他們的筆觸，擴張自己的用字疆域。如果你是用電腦搜尋，你要找的句子會以紅色出現在索引欄，透過索引欄學習即可，不要點進網頁，點進網頁會看到眼花喔！

　　為這個寫作練習的章節，下個小總結。

你當然也可以在 Google 翻譯上，直接輸入中文，讓它幫你翻成英文就好，簡單又省事。但是，當我們這樣做時，我們只是在「解決當前的問題」，而沒有「學習」。

當我們一直這樣做，其實進步的是Google的AI人工智能，因為我們每次的使用，都是在提供範例來讓AI學習，它的大數據資料庫會日趨完整，而我們則停在原地。

透過這三道濾網，我們的思維才有在運作。第一道濾網，寫英文讓 Google 翻成中文，確認語意無誤、能進行基本溝通；第二道濾網，透過 Ginger 來幫我們勘誤，修正知識盲點，確認文法正確性；第三道濾網，以母語者為師，透過抽換字句與仿寫，提升文字的駕馭能力。

野人獻曝，將「麥氏寫作三重濾網」與你分享，願你的初級寫作路上，不在感到孤獨與無助。我們一起往前行 ！

Michael
老師
微練習

這裡有個簡單的句子供你練習：

This burger is very good.

下橫線的字詞，都可以練習抽換成星號。

● **burger** 是名詞，換掉後你會看到許多不同的替代名詞。

● **very** 是程度副詞，但太淺白，換掉後可以找到更有層次的說法。

● **good**是形容詞，但太浮泛，換掉後可以找到更精準道地的用詞。

請以下面的關鍵字進行搜尋，並填入一句你喜歡的句子。

"This * is very good"

_____

"This burger is * good"

_____

"This burger is very *"

_____

Google 翻譯

Ginger Software

兩個孩子教我的事

在我的職業生涯中，有段很特別的身分，老讀者會知道，我曾經當了五年半的全職爸爸，全時間觀察人類幼蟲的語言學習歷程。

身為前補教業者，我的骨子裡對於學習成效，總不免會有急於求成的心態。沒辦法，我們的專業就是要幫助學生，快速取得進步，特別是在分數上能明確看出成果。

回到家裡當全職爸爸，這個職業病還是三不五時會發作，希望快點看見改變，希望事情照著我們預期的速度、期待的方向發展。

我必須刻意調整自己，提醒自己要等候、要有耐心。甚至刻意地改變自己的語言，常常跟孩子說：「慢慢來，沒關係。」

更多時候，其實是在對自己信心喊話。

但是，我還是常常忘記自己是老爸，而不是老師。然後，這樣的急，終於在某次的晚餐時，踢到了鐵板。

場景大致如此，老爸認真預備了一桌晚餐，期待大家開心享用，也期待看到全家滿足的表情。當時五歲左右的大兒

子阿杉，可能點心吃太多，可能還想繼續玩，整個用餐期間，都沒有沒有認真吃飯，一直拖、一直盧，盧到我的心情都有些不美麗了。

　　晚上幫他洗澡時，我的心情都寫在臉上，因此有了以下的對話。

　　杉：「把拔，你是不是不高興啊？」

　　我：「對啊！我有些難過。」

　　杉：「你為什麼難過啊？」

　　我：「我在想，是不是沒有把你教好？」

　　　　　　●講著講著，我真的開始感到挫敗、自責。

　　杉：「有啦！把拔你有把我教好。」

　　我：「有嗎？真的嗎？」（語氣仍然平淡、喪氣）

　　杉：「真的啊！而且你沒教好也沒有關係啊！再練習教一次就
　　　　好了啊！」

　　再練習一次就好了啦！再練習一次就好了啦！我整個被這句話抓住了，心一揪，眼眶竟然濕潤了起來。天啊！這孩子也太會安慰人了吧！

　　　　　●趕緊把手擦乾，摸摸阿杉的臉

　　我：「杉，抱歉爸爸剛才太兇了。」

　　杉：「抱歉，我也不應該那麼頑皮，我下次會認真吃飯。」

　　我：「那我們和好好嗎？」

　　杉：「好啊！」

　　　　　●不顧全身泡泡，馬上來個和好的擁抱。

事後，我仔細想想，這麼成熟、寬容的句子到底是從哪裏來的？原來，是我刻意提醒自己，常常講的句型「沒關係，只要再 ＿＿＿就好了啊！」（跌倒了沒關係，只要再站起來就好了啊！沒投進沒關係，只要再投一次就好了啊！以此類推）

明明是我自己掛仕嘴邊的話，但是心一急，就忘記了等待；愛不夠，就忘記了寬容。還好我講久了，阿杉都記得。

小兒子阿言，趕上了比較好的時候。他遇見的爸爸，是那個「已經練習過一次」的爸爸。在和阿杉相處的過程中，他教會了我等待和寬容。

語言學習者，需要學習等待和寬容，特別是對自己。

關於這一點，阿言是大師。無論他學習什麼，直排輪、摺紙飛機、發某個難咬字的注音，只要遇到挫折，他都可以恥力全開，毫無羞愧地說：「沒關係啦！我才剛開始學啊！」

●伴著呆萌的笑容

「再練習一次就好了啊！」
「沒關係啦！我才剛開始學啊！」

這兩句話，是我想送給你們的禮物。第二語言學習者，就是需要時間成長，不要忘記等待；第二語言學習者，就是會犯錯、說錯，不要忘記寬容。

在各種育兒的災難現場，以及事後的拯救修補中，我的額外學習是：要孩子服從指令（或順從父母的心意），用情緒勒索或暴力輾壓，絕對是最快速的辦法。但是，孩子也會有樣學樣，用來對待生活中的他人，甚至，青出於藍用來對

付你。

　　我們如果對孩子多一點耐心，他就會成為有耐心的人；被原諒過的孩子，也會成為容易寬恕的人；收過禮物的孩子，就能更自然的給。

　　孩子是天生的模仿秀達人，也像一面鏡子，讓我們看見自己。

　　孩子常常為我們的人生補課，因為我們是成為爸媽後，才開始學習怎麼當爸媽的。人的愛有限，總有力不能勝的時候，願我們都先被上帝的愛充滿，得到上頭來的智慧與力量。讓我們的心裏面有足夠的愛，能滋養出對他人、對自己的寬容來。

　　寬容不是降低標準、不是開後門，而是「做錯了，沒關係，我們再試一次。」

　　你還不夠寬容嗎？沒關係，再練習一次就好了啊！

職場人士的
英語進擊大作戰

　　我的好朋友火星爺爺，在他點閱率超過300萬次的TED演講《跟沒有借東西》中，他問現場的聽眾認不認識這五個人：克拉克‧肯特、彼得‧帕克、布魯斯‧韋恩、東尼‧史塔克、布魯斯‧班納。他們的職業分別是記者、攝影師、企業家、工程師、物理學家。

　　有點耳熟對嗎？他們下班以後的身分，你肯定認識，他們是：超人、蜘蛛人、蝙蝠俠、鋼鐵人、綠巨人。然後，火星爺爺下了這樣的結論：「**超級英雄的偉大事業，都是從下班後開始的。**」

　　不管上班時你是誰，你的偉大事業，也可以從下班以後開始。

　　我這樣說，不是站著說話不腰疼，我自己的事業，就是從下班以後開始的。25歲時，我在補習班當班導師，後來有幸轉職成數學老師，但我總覺得心裡非常不踏實。因為我非常清楚，如果要教數學的話，國三就是我的天花板了。（不是自謙喔！大學讀了六年，其中一個原因就是微積分重修了六次。）

我很確定自己喜歡當老師，但我更確定自己教不了數學。於是，我做了神經很大條的決定：既然教不了數學，那乾脆來教英文好了，因為英文**只被當了三次**。我想，一定是梁靜茹給我的勇氣。

　　設定膽大包天的目標，然後用無比謙卑的步幅，一步一步完成它。

　　為了這個看似渺茫的可能性，我跟自己拚了。晚上十點，從補習班回到家，我每天平均花了90分鐘在英語學習上，主要的學習內容是：聽著只能聽懂40%的英語對話錄音帶、寫著彆腳又錯誤百出的英文作文、背著一堆日後記不得內容的名人演講。

　　如果我有時光機，我很想回到25歲，告訴那個阿呆Michael，其實有更科學的學習策略、更有效益的學習素材。但是我仔細想想，**當年會成功習得英語，靠的根本不是方法和策略，而是單純勇敢向前的心。**

　　在我決心自學英文時，沒有人給過我成功的保證，我也不知道我這樣沒學歷、非科班的人，最終有沒有機會成為老師，我只知道呆呆向前衝，沒想到日久真能建奇功。

　　如果你也站在我當年的位置，很希望為自己的職涯賦能，甚至是創造新的可能，這篇是寫給你的。過去三年多，穿梭在數十個臺灣企業中，我真心明白現在的上班族肝有多硬、尿有多黃。要再抽出時間學英文，除非有很大的決心，或是有很強烈的動機，而我遇過最強烈的動機，就是綁著求職、升遷、績效考核的檢定考試。（最常使用的標準，會是TOEIC多益的分數。）

相信我，我比你還要更痛恨考試。但不得不承認，它的確可以成為許多人重拾書本的動機，運用得當的話，甚至可將其視為「良性壓力源」。（不用考試，回家躺著看電視，你說是不是？）

在我的成人學生裡，不少都是被多益考試逼到了，才恢復了語言學習的習慣，但我發現大部分的學員，其實並不知道敵人長成什麼樣子。我來簡單介紹一下，知己知彼，才能百戰不die。

經典版的多益考試（TOEIC®Listening and Reading Test），分成聽力與閱讀兩部分，每部分的分數範圍為5～495分，因此總分是10～990分。和全民英檢不同，沒有所謂的「通過」或「不通過」的標準，而是用證書的顏色，來區分受測者目前的學習成效。

金色860～990分，藍色 730～855分，綠色470～725分，棕色220～465分，橘色10～215分。大部分的企業，會期待員工有綠色證書；有語言能力需求的職務，至少會要求藍色證書；外商或海外事務相關的職務，則應該會要求金色證書。

由於亞洲人太會考試和猜題，為了避免大家專注於應試技巧，卻沒進步到語言能力。多益的考試題型，每幾年就會改版一次，以維持信度和效度，讓考試分數始終具有客觀鑑別度。

因此，如果你有多益考試的需求，**買參考書、模擬題本時，一定要注意出版日期**，有沒有在「最近的一次改制」之後，以免買到不適用的書籍。

再來，考試要繳報名費，不要去「裸考」練經驗值。建議先做完至少五回的全真模擬試題，再去考試。做完這五回後，你可以相隔兩三個月，報考兩次正式考試。第一次當作全副武裝演習，不是為了熟悉題型，而是熟悉考試的手感、時間感和緊張感。第二次盡全力拚搏，拿下能力範圍內，最好的證書顏色。

「Michael老師，如果我想自己備試，該買哪些書呢？」

坊間的多益參考書、模擬題本，多到跟大海一樣，而且你會發現有好多書，都翻譯自韓國出版品。事實上，多益測驗的相關出版排行榜，已經被韓國作者霸榜多年，無論是單字、文法、閱讀、聽力，You name it.

每次看到這份榜單，我心中的OS，都跟棒球主播徐展元的一樣：「好想贏韓國！」韓國出版商打的是團體戰，以編輯群的模式，進行教材的編寫。人海戰術造就題海戰術，出版品總是厚厚一大本，光目測就感覺CP值極高，自然在市場上也很吃香。

但買書不能用秤重的，它不是A5和牛。身為一個書寫者，我更看重的是**作者的情懷、意志和思考脈絡**。編輯題型易，解析題型難；蒐集資料易，歸納脈絡難；堆疊文字易，灌注靈魂難。

為此，想推薦兩本由臺灣作者寫的教材，我想讓大家知道，臺灣也有很厲害的作者，我們一點都沒輸。（利益揭露：無業配，真心推。Team Taiwan, No.1.）

第一本是沈志安老師的《New TOEIC 聽力滿貫全攻略：全方位提升英語聽力的高效訓練計畫》（LiveABC 出版），志安老師是多益990分的滿分高手，專業的口筆譯者，廣播節目主持人，知識型 YouTuber，英語實力海放我十條街。

這本書，不只是教應試技巧，還包含多益應試的準備方針、自學操練的實際步驟，甚至連考完試後，如何持續精進英文聽力的操練，都涵括其中。**不只拆解考試套路，還幫你想好第二哩路！**

跟坊間的書最大不同之處，在於每個章節皆有影片搭配說明。對考生而言，相較於純文字的敘述，在理解的難度上降低許多。這是本融備戰心法、常考題型、解題步驟、答題策略於一體的好書，非常適合獨立備戰的自學者。

第二本是 Yiling Chang 以琳老師的《奇蹟英語講師帶你從0解構多益TOEIC單字文法》（前進出版）。以琳老師和我一樣，走過一段英語脫魯之路，她說她小時候英文超爛，連sister這樣的單字，都要花兩天才背得起來。後來靠著改變學英文的方法，高中考上應外系、高三考取多益金色證書、統測外語群英文組全國榜首。這不是奇蹟，什麼才是奇蹟！

這是一本內容和作者一樣可愛的多益參考書。走過辛苦的學習歷程，以琳老師知道你的痛處，所以她用傑出的插畫能力，來進行複雜概念的說明、加強單字記憶，以及思考脈絡的複習。**這是一本可以帶著笑容讀完的多益書籍。**

一般的單字書，是整理很多考試範圍的單字給你，以琳老師更是要教你「怎麼背得又快又好又能夠使用」。不是塞

給你一籃子的單字，而是以精熟句子為目標，透過脈絡將情境裡的單字，織成一張記憶網，讓你整串帶回家。

　　這本書的文法教學，也是別出心裁，利用多益的常見情境，手把手解構文法，並且在每個環節，都有防呆複習機制，幫助讀者再次做脈絡的思考和複習。配合 QR Code 提供的音檔或影片，彷彿以琳老師就在身邊陪你備戰多益呢！

　　將這兩本適合自學者使用的好書，推薦給職場奮戰的夥伴們，這會是你重拾書本時，很好的第一哩路。我們一起加油！往下一個多益證書的顏色前進。

勇敢試錯，
證明自己年輕過

　　「Michael 老師，你這本書好勵志，我要送給我的學生／孩子／姪子／孫子，讓他能夠重拾學習英語的信心。」是我遇見讀者時，很常收到的回饋。《英語自學王》常常被當作勵志書、禮物書在使用，因此我想特別寫一章，給收到上一本或這一本書的夥伴。（送禮者可以直接翻到這一章，給你在乎的這個人看。）

　　親愛的，接下來的話，就是對你說的了。

　　我知道你正深陷泥淖中，我知道你也不願意，無力感像流沙一樣將你吞沒，感覺自己將要窒息在這樣的孤單裡。我知道，我真的知道，因為我也曾經在那裡。親自走過困頓，有些話我想和你分享。

　　我的高中生活，基本上在混沌中度過。高一僥倖編進升學班，卻因為成績不好、不知道自己適合做什麼，我還曾認真準備過五專轉學考，整個高一升高二的暑假，都熬在轉學衝刺補習班中。我以為轉學到五專，會是人生困境的答案。

　　為了不給家裡增加經濟負擔，我答應父母，如果考上國立的五專，我才會轉學。由於錄取名額實在稀少，我成了落

榜頭，只能繼續留在斗六高中，繼續在校排倒數100名的常態中，浮浮沉沉。

當時會興起轉學五專的念頭，是因為在高一的自然實驗課裡，陳慧娟老師曾經這樣稱讚過我：「鄭錫懋同學，我發現你的手很巧，做實驗的時候，控制得很精準呢！」那是我在高一的生活裡，唯一記得的正面回憶。

這個稱讚，是自我形象認同的第一根浮木，是少數我能拿來肯定自己的外來評價，也是當年想轉學到雲林工專的最大動機：既然讀不了書，那憑藉著手巧，或許技職教育裡，會有我的一片天空吧？（雲林工專就是現在的虎尾科技大學，然後我的巧手，後來用在了烹飪的領域，讓我能善盡全職煮夫的功能。）

後來，因為學業成績實在不理想，升高二重新編班時，我成了被「放逐」的學生。（每班的倒數五名，會被降到B段班或C段班）沒想到，這竟是我生命中最美好的放逐。

離開了升學班，脫離了繁重的課業壓力後，我反而有了餘裕，可以任性學習。喜歡的科目，我就認真聽；掌握不了的科目，我就純欣賞老師的授課風采。總體成績依然很差，但總算慢慢發現自己的優勢，可能是在國文和文化史上。

高二、高三的班導徐滄珠老師，正好就是國文科的老師，她溫和而不給人壓力的教學風格，讓我整個被圈粉。我超級享受老師的國文課，文學的底子，也在那時被建立起來。

徐滄珠老師，很願意鼓勵學生。當年著迷籃球，不管老師作文課出的是什麼題目，我都能歪樓寫成NBA球評。老師

竟不以為忤，還給了我好幾篇超過90分的評分。

　　高中的最後一篇作文，寫的是「我的夢想」，我的夢想是成為NBA球員。脫鞋子、剃光頭，身高頂多169公分，跑不快、跳不高，別說NBA了，我連校隊二軍都進不了。這篇「我的夢想」，其實是一封向籃球夢告別的信。

　　這篇情詞懇切的作文，老師給了我98分，應該是我們班的高中生涯裡，她給出的最高分。那是我第一次知道，我能夠用文字傳遞情感，感動他人。

　　我不是要說我有多厲害，而是要告訴你，被人肯定、看見希望有多麼重要。以滄珠老師的標準，我們這種「為賦新詞強說愁」的青澀文字，其實離優秀的文章，還有好遠的距離。可是她卻願意給出98分，她嘉許的不是我的「絕對成就」；而是肯定我仍在學習中的「相對成果」。

　　寫在作文簿上的98分，是自我形象認同的第二根浮木。我的課業成績一樣很差，但是對於我是誰，心中逐漸有了底氣。日後能成為作者，這善意的98分，扮演了很重要的角色。

　　親愛的，你的慘綠歲月，也需要這種注入心中的希望。

　　除了自己的故事，我還想跟你分享兩個我很佩服的朋友，他們都走過了一段當下看黑漆漆，往後回望卻光燦燦的求學路。

　　第一位，是我高中二、三年級的同窗蔡政憲律師，和我一樣，我們都沒有在升學班裡。當年大學聯考放榜，我憑著國文接近90分的 carry，勉強考上了逢甲大學企管系，政憲則考上了銘傳大學風險管理與保險學系，都是商學院的系統。

　　商學院繞不開統計、經濟學、微積分這幾個科目，偏偏

我們兩個高中時，都是數學成績欠佳的學生。我的故事你比較清楚，我的大一必修微積分，重修到大六才通過，因為數學不好，我延畢了兩年。

政憲則在大學一年級，就處理這個問題。當年還在舉棋不定時，他跑去和徐滄珠老師深談，老師鼓勵他重新選擇，適性發展最重要。滄珠老師的建議，讓他有了勇氣重考一年。數學不好他認命，文學沒興趣他知命，第一類組的文法商學院，就剩法學院這個選項。他跟大家說，他要去讀法律。

法律！？台大、政大都不是我們這種B咖考得上的學校，其實連中正法律都勉強到不行。一年後，他考上了文化大學法律系，也算給了自己一個交代。

考上了法律系，他告訴自己，路既然是自己選的，那就沒有回頭路了，只能一往無前跟它拚了。政憲後來跟我們說，法律系大一、大二時，仍然不太會讀書，法條看起來都像有字天書。雖然辛苦，但他仍認真地研讀，為自己選擇的道路負責。

這樣不留後路的拚搏，終於在大學三年級時，找到了讀書的竅門，掌握了法律邏輯思考，整個智力大爆發。當完兵後，繼續在法律研究所深造，碩士畢業後，花了兩年專心準備國考，一舉拿下律師執照。

國立大學法律系的畢業生，最終都不一定能通過的考試，他用短短兩年通過，跌破了眾人的眼鏡。

政憲的故事教會我：「**勇敢換適合，為選擇負責。**」如果你現在的學校／科系／職業，並不適合你，你可以勇敢停損。人生很長，你真的可以暫停一下，甚至後退一步，來找

到適合自己的角色。**不要拿你的弱點，在別人專長的賽道上，跟別人輸贏。學業如此，職場如此，人生亦如此。**

　　第二位，是我當兵時的同梯，陳建中建築師，他是我認識的朋友裡，對建築最瘋狂癡迷的人，沒有之一。當兵時，建中告訴我他最欣賞安藤忠雄，因為安藤忠雄沒有經過學院訓練，甚至還當過拳擊手，但最終憑著對建築的熱愛，成了舉世聞名的建築師。建中的骨子裡，也有安藤忠雄的堅毅。

　　建中的建築師之路，不曲折但充滿荊棘。不曲折，是因為一般人遇到過不去的困難，就可能繞道而行；建中卻是在荊棘裡，硬砍出一條路來。

　　建中的學習路徑是：嘉義高工建築科 → 正修技術學院 建築工程科（二專部）→ 正修技術學院 建築工程科（二技部 學士）→ 逢甲大學建築研究所 碩士 → 十年奮戰，取得建築師執照。

　　建中是研究所畢業後，在軍中與我相識，退伍後他為了夢想，一邊工作一邊備試，為了夢想拚搏了十年。**他常自謙說自己沒有天分，但我後來才發現，原來「堅忍」也是一種天分。**

　　建中整屆的高職同學裡，最終只有他考上了建築師。技職體系出身，不是系出名門，但對建中而言，這都不是阻礙。他就是要成為建築師，他付上時間的代價，成了荊棘堆裡開出的花。

　　十年的熬練，是寂寞又艱辛的過程，我問建中怎麼熬過來的？建中說他的舅舅是他的榜樣。滿腔正義的舅舅為了成

為檢察官，也是一邊工作、一邊準備考試，也是到了第十年，才終於通過司法官考試，成功圓夢。有人走在前面，讓他能堅信隧道的盡頭會有光。

建中的故事教會我：「**少年未必得志，大器可以晚成。**」如果你有真心喜愛的事物，付上代價都要完成的那種，在我眼裡，你正是找到命定的人。你注定是要閃亮的，現在擋在你面前的阻礙，不過是日後寫個人傳記的素材。

「流淚撒種的，必歡呼收割。」沒有波折，故事怎麼精彩？

寫這篇的當下，我人在北投的綠建築圖書館裡。在連續三天的策略會議中，抓緊午后空檔，在這個顏值爆表的空間裡，寫這封信給你。曾經自覺一無是處的我，如今竟有機會在會議中，為他人貢獻所知，回首來時路，我心裡真是充滿感激。

三個超過40歲的微中年大叔，都是從挫敗中出發的。比較幸運的是，我們在成長的路上，都遇到了給我們力量，鼓勵我們再往前走的人。希望我們的故事，也成為其中一股力量，能支持到你。

鼓勵你勇敢試錯，找到屬於自己的命定和熱情，你的青春也值得一場精彩的拚搏！

機器人
副本

給活在 AI 寒武紀
大爆發的我們

「善待問者如撞鐘：叩之以小者則小鳴，叩之以大者則大鳴。」

《禮記‧學記》

　　兩千多年前的深知洞見，如今在ChatGPT全然體現。

　　ChatGPT是對話式人工智慧機器人，能夠基於使用者的提問、指令與意圖，隨機生成對應的回覆。只要你懂得下指令，ChatGPT可以用比人類快數十倍的速度，完成相同的任務。（雖然很不想承認，但這裡的數十倍，並不是誇飾法。）

　　《禮記 學記》談到：善於回答問題的人，有如撞鐘，輕輕敲打則小聲響應，重力敲打，則大聲響應。正巧可以用來詮釋這個生成式AI的特質：**ChatGPT輸出的價值,取決於輸入的價值。**

　　Google搜尋引擎的年代，比的是在網路大海中找答案的能力；ChatGPT的時代，比的是問對問題的能力。這是個「問問題的能力」，比「找答案的能力」更重要的時代，善問者得天下。

　　以旅行資訊來比喻，Google是論文級的旅行指南，提供

可靠的搜索結果，資料的出處來源，也有相對清楚的交代。ChatGPT則像知識豐厚的老司機導遊，他幫你做完探勘的功課了，想知道什麼，只要開口問就可以得到答案。

另一個重要差別是：同一段時間內，你在Google找到的資訊是固定的；而ChatGPT對同一個問題的答案，因著隨機生成的特質，卻可能次次有所不同。

這樣神奇的工具，要發揮多大的魔幻效果，取決於你如何下指令 （prompt），或者說駕馭、訓練、調校，甚至是調教。網路上給了這些指令一個有趣的術語：詠唱咒語。

目前ChatGPT的英文訓練語料庫占比超過93%，中文約0.04%，它的英文能力比中文好上N倍。**因此最佳的「詠唱媒介」是英文**，意思是用英文發問，得到的回覆通常會更加完善、完整。（但絕對仍不夠完美。）

以下為大家示範幾個指令，讓ChatGPT搖身一變，成為你的語言學習利器。

一、客製化字典

BI

Act as a professional English teacher. I offer you a word, phrase, or sentence and please explain it in English and in a way that a 6-year-old can understand.

If I provide a single word, always remenber to provide the KK phonetic symbols of the single word.

Please provide 2 example sentences for the single word or phrase provided. Translate the 2 sentence in traditional chinese as well.

Now the word, phrase or sentence I want to offer is: [sponsor]

我要它成為專業英文老師，為我解釋詞彙。條件是：把我當成六歲的孩子，要講我聽得懂的話。詢問的詞彙要加上KK音標，提供兩個說明例句，並把例句翻成繁體中文。

以詢問 sponsor （贊助者）此字為例，他的回應如下：

The word is "sponsor" /ˈspɑːnsər/.

Explanation for a 6-year-old:
"Sponsor" means someone who gives money or support to help someone or something. It's like having a really nice friend who helps you with things you need.

Example sentences:

1. The company sponsored the school's field trip to the zoo so that the children could learn about animals.
2. My uncle is going to sponsor me for my basketball team, so I can get a new uniform and play in the league.

並如我要求的，將例句翻為中文。

Traditional Chinese Translation:

1. 公司贊助了學校去動物園的遠足，讓孩子們可以學習動物知識。
2. 我叔叔要贊助我打籃球隊，這樣我就可以買新的球衣，打比賽了。

當然也可以依照程度，將年齡改為12歲。

Act as a professional English teacher. I offer you a word, phrase, or sentence and please explain it in English and in a way that a 12-year-old can understand.

得到的回覆，明顯提升了用字難度。透過**年齡參數**的改變，我們就得到了客製化的字典。

Sure, I'd be happy to explain the word "sponsor"!

In English, "sponsor" means to support someone or something financially or otherwise. A sponsor is someone who provides that support.

For example, if you want to join a sports team but you can't afford the fees, a sponsor might give you the money you need to participate. Or if a company wants to advertise at a big event, they might be a sponsor of that event by contributing money or resources.

　　當然你也可以用 **多益分數**，當作參數來調整。例如：My TOEIC score is _____ , please explain in a way I can understand. （空格處貼上分數即可。）

二、刻薄嚴厲 or 溫柔甜蜜的文法老師，任君挑選

　　先來個重口味的，我們請它變身為刻薄嚴厲（mean and strict）的文法老師，並請它糾正故意寫錯的病句：

Michael are a good men.

（Be動詞搞錯、名詞單複數混淆）

> BI
>
> Act like you are a very mean and strict teacher.
> Correct me with my grammar mistakes.
> Check the following sentence：
> " Michael are a good men."

　　按著我們的「人格設定」，這個老師的口氣相當直接、沒有委婉修飾，甚至可以說有點兇。

Stop right there! It's "Michael is a good man," not "Michael are a good men." You should always use the correct verb agreement when referring to a singular noun. "Is" is the correct singular form of the verb "to be" to match with the singular noun "Michael," and "man" is the correct singular noun to match with the singular verb "is."

It's important to pay attention to these details, so you can communicate effectively and accurately. Make sure to review your grammar rules and practice more, so you can avoid making this mistake again.

　　留意它一開始的用詞：「你給我停下來！」（Stop right there!） 還有糾正完畢後的耳提面命：「注意這些細節非常重要，這樣你才能有效、準確地進行溝通。千萬要復習你的語法規則並勤加練習，才可以避免再次犯這個錯誤。」真的是很嚴格呢！

　　接著我們透過點擊右邊的修改鈕，來修改條件。

Act like you are a very mean and strict teacher.
Correct me with my grammar mistakes.
Check the following sentence :
" Michael are a good men."

修改條件 →

　　條件換成溫柔甜蜜，然後點擊「Save & Submit」。

Act like you are a very <u>nice and kind</u> teacher.
Correct me with my grammar mistakes.
Check the following sentence :
" Michael are a good men."

Save & Submit　　Cancel

搖身一變，暖男老師就出現了。

不只開頭多了問候，中間多了文法拆解，結尾時還不忘提醒你，有任何其他問題，都歡迎提問喔！

 Hello there! I'd be happy to help you with your grammar.

Firstly, the correct form of the sentence you provided would be: "Michael is a good man."

Here's a breakdown of the corrections made:

- "Michael" is a singular name, so the verb should be conjugated in the third-person singular form. Therefore, we use "is" instead of "are."
- "Men" is the plural form of "man," so it does not match the singular subject "Michael." Therefore, we use "man" instead of "men."

So, the correct sentence would be: "Michael is a good man." Let me know if you have any other questions!

三、世界各國朋友，換個地點就有

除了扮演教學者，ChatGPT還可以變成你的外國友人，陪你練習外語聊天。雖然沒辦法取代真實的友情與溫度，但作為語言學習的協助工具，是非常好的陪練對象。

這裡我們把它設定為來自美國的朋友，也可以把美國替換，設定成蘇格蘭、愛爾蘭、澳洲。你會發現各地的英語使用者，會有不同的語言習慣，也可能會出現當地特有的俚語（Slang）。比方說澳式英語裡的sunnies (sunglasses)、cuppa (cup of tea)、air con (air conditioner)等。

首先，我們以美國的朋友來設定，並請他在回復時，使用一些當地特有的俚語或慣用語。

Act like you were my friend from the United states.
Please use some of your local slangs to chat with me.
I am from Taiwan.
I want to learn English from you.
Can we chat with each other?

Hey there! What's up? Of course, we can chat and help you learn English. I'm from the US and I'd be happy to teach you some local slang!

First off, where in Taiwan are you from? I've always wanted to visit there. Anyway, when it comes to slang, there are a ton of different phrases and words that Americans use that might be confusing for non-native speakers.

然後，把地點改成澳洲，你的Aussie friend一秒現身。

Act like you were my friend from Australia.
Please use some of your local slangs to chat with me.
I am from Taiwan.
I want to learn English from you.
Can we chat with each other?

G'day mate! How ya going? I'd love to chat with ya and help ya learn some Aussie slang while we're at it.

G'day mate! How ya going?（日安，我的好夥伴，一切都好嗎？），招牌的經典問候，帶著濃濃的澳洲味，彷彿都看到雪梨的歌劇院了。

同樣的問題，地點換成愛爾蘭，答案就完全不同了。

> Top of the mornin' to ya, pal! Of course we can have a chat, and I'd be delighted to help you improve your English skills. How are things in Taiwan?

是不是馬上就想來杯加入愛爾蘭威士忌、上面還飄著一層奶油的愛爾蘭咖啡（Caifé Gaelach / Irish coffee）？

如果你需要接觸某個地區的英語使用人士，例如接待客戶、海外參展、學術交流，透過這樣的指令設定和調整，你可以更快的適應他們的用語。刻意學會幾句他們特有的慣用語，並且在相會時巧妙用出來，也能有感拉近彼此的距離。

小結：兩個使用上的提醒

使用ChatGPT，有兩個值得留意的小提醒：首先，它的回覆都是隨機生成，如果答案不滿意、不清楚，只要按下回覆內容下方的「Regenerate response」，它就會再生成一次新的內容，幾次它都會生給你，如下圖所示。

I hope that helps! Please let me know if you have any other questions.

↻ Regenerate response

第二，ChatGPT是以一個又一個的 "Chat" 來與你進行

互動，並根據你的使用需求來調校。簡單說，你記得你。建議善用左方欄位的「+New Chat」的功能，來進行管理。

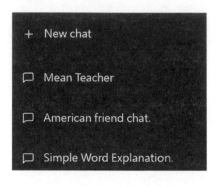

以我的ChatGPT為例，我「養成」了三個不同功能的Chat。由上至下分別是：嚴格的文法老師、隨意聊天的美國朋友、提供簡易說明的釋義字典。他們是三個完全不同的「人格」，擁有不同的超能力，需要哪種協助時，我就點擊那個Chat，召喚它來幫忙。

這樣進行管理，我就不用每次重寫指令，省時又省力。

ChatGPT，以及類似的生成式AI，勢必會如雨後春筍般冒出來，正如寒武紀時期的生物物種大爆發。這些AI，會大量提升人們的工作效率，善用的人，不只如虎添翼，簡直是變成超音速噴射機。強大的效能背後，勢必也代表有許多工作會被替代，非常可能造成一段時期的結構性失業。

我個人認為，短時間內不用太擔心它會取代你，你要擔心的是那些開始使用AI，來輔助工作產出的人。換言之，你不用害怕AI，但要害怕善用 AI 的人，他們才是你目前的競爭者。

AI元年才開始，大家都還在學習、摸索的路上，我們一起做個終身學習的自學者。做個保持好奇、勇敢提問、擁抱創新、溫暖有愛的人，這樣的人不只無法取代，更能開創新時代。

　　最後，由於ChatGPT的能力成長飛快，幾乎是以週為單位在進化。這驚人的迭代和成長力，簡直就像《傑克與魔豆》裡，以肉眼可見的速度增長，一夜直達雲霄的神奇豌豆。相信人們一定會持續產出更好玩、更強大、更實用的詠唱咒語。

　　因此，為了保持資訊新鮮，並補充優質的學習資源，選擇以Notion筆記的形式與你交流，維持更新的彈性，期待在本書印製之後，繼續為大家效力。

https://bit.ly/麥克與魔豆2023

　　本文提到的三個chat，都幫你寫好了，歡迎直接複製試用。

《Speak English Like an American》終極實作日程

　　在上一本著作裡，我大力推薦《 Speak English Like an American 》，作為英語聽力的練習素材，時至今日，這本書仍是我極為喜愛的素材。但是，在這三年裡我收到了兩個常見的回饋問題，值得用些篇幅來回答。

• 問題一

　　Michael老師，我的英文程度真的很不好，在正式進入這本書的學習之前，有沒有另外的推薦書籍，讓我做為踏板，先進行強度較小的學習？

　　我的回答是：當然有。請利用「親子英語」為關鍵字，在網路書店上搜尋，你會找到許多相關的書籍。由於是設計給親子共學的內容，因此難度上會大幅降低，適合做為起步入門的台階。挑選時的原則會是：**版面編排舒適，自己看了喜歡，並且有音檔者為佳**。（ 附贈CD或 QR Code 掃描發音皆可，取決於你個人的使用習慣。）

• 問題二

Michael老師，我已經購買了此書，有沒有更細節的使用方法、執行計畫，讓我可以更容易上手？

我的回答是：當然也有，我馬上生出來給你，這篇「終極實作日程」就是了。

在開始前，為了建立彼此的溝通默契，我們來定義幾個在實作日程中，期待達成的目標。

A目標：眼球跟上

播放CD時，看著課本，聲音唸到哪裡，眼睛追到哪裡。眼球能跟上聲音檔的速度，就是能達成A目標。遇到不熟悉的字，眼睛順順滑過去就好，把重點放在聲音與文字的連結。

達成A目標的代表意義是，對於課本用字的聲音，你已具有基本的辨識能力。如果經過幾次努力，仍然無法達成A目標，表示這套教材對目前的你而言，難度暫時偏高。請利用上述提到的「親子英語」教材，先為自己的耳朵熱身打底，日後再回到這個日程中。

B目標：耳朵跟上

播放CD時，無須看著課本，聲音唸到哪裡，耳朵就追到哪裡，不會恍神、漏聽。耳朵能跟上聲音檔的速度，就是能達成B目標。把重點放在耳邊流過的聲音，是否能明白對應的意義，最好還能想像出畫面、場景。比方聽到 It's too late for that. You're fired. 能知道意思是：「為時已晚，你被

解雇了。」然後想像老闆解雇員工的畫面。

　　請不要拘泥於個別單字，不要細究文法，請以「句子」為單位，能明白中英文互相對照的文意即可。這個練習計畫的重點，在於「習得現成可使用的句子，並且能在適當的場景，及時反應、套用出來。」

　　為了完成B目標，相信你必須重複聽很多次CD，當年我在英語脫魯的初期，最關鍵的行動，就是將一卷英語對話錄音帶，在40天內聽了80次，讓我的英語聽力有了扭轉性的突破。請務必相信，這些看似無趣的重複，是絕對有價值的時間投資。

　　達成B目標的代表意義是，這本對話書的句子，你已經漸漸聽熟了。開始能在觀看的影集、電影、脫口秀中，辨認出這些句子來，時不時能與它們驚喜偶遇。

C⁻目標：有稿跟讀

　　聽力進步了，接下來就是口說能力的突破，跟讀法（Shadowing Technique）是這個階段非常有效的訓練方式，C⁻目標要完成的，就是能有稿跟讀。

　　跟讀怎麼操作呢？根據語言學習網站的解釋，"You listen to a text in your target language, and then speak it aloud at the same time as the native speaker." 簡單說，跟讀就是一種同步模仿母語者說話的技巧，邊聽邊說不暫停，將耳邊聽到的聲音，不假思索地同步仿述出來。

　　要做到順利跟讀，需要非常專注地聽，並且需要經過無數次的練習，完成難度其實不低。很多人也因此容易在這裡

放棄，頭洗到一半，滿頭泡泡，黯然離開。

　　因此，為了提高計畫執行度，我們將跟讀的目標拆成兩階段，第一階段「有稿跟讀」列為**必修**，是開啟口說反應速度的必經修練；第二階段「無稿跟讀」則列為**選修**，是追求更高的流暢度的自我要求。在我們的學習計畫中，為了降低跟讀的難度，也避免上氣不接下氣的窘迫，我們**將跟讀技法與角色扮演融合，一次完成一個角色的台詞即可，角色熟悉了，再換下一個角色扮演。**

　　以第一課為例，有兩個角色 ：即將失業的男主角 Bob，提出解僱通知的老闆Peter。你可以先扮演 Bob，當播放到 Bob 的部分，就進行跟讀練習，播放到 Peter 的角色時，則專注聆聽，隨時準備應答，像是在與他對話一樣。這樣練習，能把CD的內容，營造成虛擬的英語對話課，這真是最經濟實惠的語言學習方式了。

　　能看著課本，聽著CD，同步唸出所扮演角色的台詞，就算完成C⁻目標。

C⁺目標：無稿跟讀（終極目標）

　　年輕的時候，曾經玩過相聲社，也在教會有些舞台劇的經驗，從道具、演員、編劇、導演，都有機會參與。演員拿到劇本後，有一段理解劇情、揣摩角色、熟悉台詞的過程，其中一個階段就叫「丟本」，這個階段，很接近我們達成的C⁺目標——無稿跟讀。

　　丟本，意指「因為台詞已經熟稔於心，排練時能放下手上的劇本，更專注在肢體、表情、情緒的演繹上。」每個專

業演員要真正進入角色，丟本是必要的過程。

　　無論哪一本對話書，甚或是想模仿的演講稿，要做到無稿跟讀，都是一件不容易的任務。除非你是天賦異稟的神童，不然要完成無稿跟讀，都必須透過多次的重複聽讀，才有辦法達成。（以這一本而言，更是不容易，畢竟是以母語者正常語速錄製的聲音檔。）

　　能做到無稿跟讀，代表這個學習標的物，已經達到非常熟悉的程度，並且能在適當的時機，下意識的應對出學過的對話。這個終極目標雖然不容易，但是鼓勵勇者們跳下來自我熬煉。時間是勇者的朋友，你一定會遇見變強的自己。

　　接下來，我們來將此書拆解成每天的練習任務，提供給夥伴們參考。如果你對於擬定學習計畫，還沒有明確的想法，不妨按照我的建議，按表來忠心操練。建議選擇週一開始，第七天休息日剛好是週日，這樣更直覺，更容易執行。

　　為了方便你學習，並且將注意力用在聽力的練習上，我已經幫大家把課文翻成中文，也整理了每一課的有趣用法，請大家**除非必要，先不要不要不要查字典！**

　　　進入「奶爸的行動英語教室」的 LINE@ 帳號（封面折口有加入的 QR Code），在對話框輸入 "day1"，就會出現第一課的英翻中及有趣用法（以此類推，day2、day3……直到day25）。

Round 1 第一輪挑戰

本階段的任務是：**快速先聽完25課，掌握故事概括，追求能達成A目標**。當日的那一課建議至少聽5次，最好能聽到10次，可以分成幾段來進行，比方早上3次，中午3次，晚上4次。（可於表格中，以正字來記錄完成次數。）

日程	當日進度	完成次數
第1天	L1 Bob's Day at Work	
第2天	L2 Bob Returns Home with Bad News	
第3天	L3 Ted's Day at School	
第4天	L4 Nicole's Day at School	
第5天	L5 Ted Goes Out for the Evening	
第6天	L6 Susan Stays Home and Bakes Cookies	
第7天	休息日	
第8天	L7 Susan Hires Bob to Run Her Business	
第9天	L8 Ted Forms a Rock Band	
第10天	L9 Nicole For President !	
第11天	L10 Bob Visits the Village Market	
第12天	L11 Bob Drives a Hard Bargain	
第13天	L12 Bob's Big Cookie Order	
第14天	休息日	

日程	當日進度	完成次數
第15天	L13 Amber Comes Over to Bake Cookies	
第16天	L14 Amber and Ted Heat Up the Kitchen	
第17天	L15 Nicole Practices Her Election Speech	
第18天	L16　Bob Brings the Cookies to the Village Market	
第19天	L17 Carol Tells Bob the Good News	
第20天	L18 Everyone Bakes Cookies	
第21天	休息日	
第22天	L19 Nicole's Close Election	
第23天	L20　Bob Gets an Angry Call from Carol	
第24天	L21 Susan Gets a Surprise Call	
第25天	L22 Susan Shares the Good News	
第26天	L23 Bob Has a Surprise Visitor	
第27天	L24 Amber Writes a Song	
第28天	L25 Ted Brings Home More Good News （一鼓作氣，加班一天）	

Round 2 第二輪挑戰

　　這一輪，我們開始加入更多元的感官來學習，將每一課拆解成更小的單位。利用每一課的旁白部分（每課一開始的那一小段），來挑戰B目標，在不看課文的前提下，試著盡可能聽清楚每句話，並且**完成至少一次旁白的抄寫，程度好的同學，鼓勵利用這段聲音，來進行聽寫練習（Dictation）**。

　　以第一課為例，您要專注聽的部分，就是 Bob works as a manager in a furniture store. Peter, his boss, is not happy about sales. Bob's new advertising campaign hasn't helped. Peter decides to fire him.

日程	當日進度	完成次數
第29天	L1 旁白（B目標練習）	
第30天	L2 旁白（B目標練習）	
第31天	L3 旁白（B目標練習）	
第32天	L4 旁白（B目標練習）	
第33天	L5 旁白（B目標練習）	
第34天	L6 旁白（B目標練習）	
第35天	休息日	
第36天	L7 旁白（B目標練習）	
第37天	L8 旁白（B目標練習）	
第38天	L9 旁白（B目標練習）	
第39天	L10 旁白（B目標練習）	

日程	當日進度	完成次數
第40天	L11 旁白（B目標練習）	
第41天	L12 旁白（B目標練習）	
第42天	休息日	
第43天	L13 旁白（B目標練習）	
第44天	L14 旁白（B目標練習）	
第45天	L15 旁白（B目標練習）	
第46天	L16 旁白（B目標練習）	
第47天	L17 旁白（B目標練習）	
第48天	L18 旁白（B目標練習）	
第49天	休息日	
第50天	L19 旁白（B目標練習）	
第51天	L20 旁白（B目標練習）	
第52天	L21 旁白（B目標練習）	
第53天	L22 旁白（B目標練習）	
第54天	L23 旁白（B目標練習）	
第55天	L24 旁白（B目標練習）	
第56天	休息日	
第57天	L25 旁白（B目標練習）	

Round 3 第三輪挑戰

這一輪的任務，是利用每一課的對話部分，**每天扮演其中一個角色**，當課文播放的同時，與課文中的其他角色，進行對話練習，並挑戰C-目標（有稿跟讀）。

日程	當日進度	完成次數
第58天	L1 角色扮演 Bob（C⁻目標練習）	
第59天	L1 角色扮演 Peter（C⁻目標練習）	
第60天	L2 角色扮演 Susan（C⁻目標練習）	
第61天	L2 角色扮演 Bob（C⁻目標練習）	
第62天	L3 角色扮演 Susan（C⁻目標練習）	
第63天	休息日	
第64天	L3 角色扮演 Ted（C⁻目標練習）	
第65天	L3 角色扮演 Bob（C⁻目標練習）	
第66天	L4 角色扮演 Susan（C⁻目標練習）	
第67天	L4 角色扮演 Nicole（C⁻目標練習）	
第68天	L4 角色扮演 Ted（C⁻目標練習）	
第69天	L5 角色扮演 Susan（C⁻目標練習）	
第70天	休息日	
第71天	L5 角色扮演 Ted（C⁻目標練習）	
第72天	L6 角色扮演 Susan（C⁻目標練習）	

日程	當日進度	完成次數
第73天	L6 角色扮演 Bob（C⁻目標練習）	
第74天	L6 角色扮演 Nicole（C⁻目標練習）	
第75天	L7 角色扮演Bob（C⁻目標練習）	
第76天	L7角色扮演Susan（C⁻目標練習）	
第77天	休息日	
第78天	L8角色扮演 Susan（C⁻目標練習）	
第79天	L8角色扮演Ted（C⁻目標練習）	
第80天	L9角色扮演 Nicole（C⁻目標練習）	
第81天	L9角色扮演Ted（C⁻目標練習）	
第82天	L10 角色扮演Bob（C⁻目標練習）	
第83天	L10角色扮演Carol（C⁻目標練習）	
第84天	休息日	
第85天	L11角色扮演Carol（C⁻目標練習）	
第86天	L11 角色扮演Bob（C⁻目標練習）	
第87天	L12 角色扮演Bob（C⁻目標練習）	
第88天	L12 角色扮演Nicole（C⁻目標練習）	
第89天	L12 角色扮演Ted（C⁻目標練習）	
第90天	L12 角色扮演Susan（C⁻目標練習）	
第91天	休息日	
第92天	L13 角色扮演Ted（C⁻目標練習）	
第93天	L13 角色扮演Susan（C⁻目標練習）	

日程	當日進度	完成次數
第94天	L13 角色扮演Amber（C‾目標練習）	
第95天	L14 角色扮演Amber & Susan（C‾目標練習）	
第96天	L14 角色扮演Ted（C‾目標練習）	
第97天	L15 角色扮演Susan（C‾目標練習）	
第98天	休息日	
第99天	L15角色扮演Nicole（C‾目標練習）	
第100天 犒賞日	今天沒有進度，請做一件在時間或金錢上，對你而言感到「微奢侈」的事，來為你的堅持慶祝！	
第101天	L16角色扮演Carol（C‾目標練習）	
第102天	L16 角色扮演Bob（C‾目標練習）	
第103天	L17角色扮演Carol（C‾目標練習）	
第104天	L17 角色扮演Bob（C‾目標練習）	
第105天	休息日	
第106天	L18 角色扮演Bob（C‾目標練習）	
第107天	L18 角色扮演Ted（C‾目標練習）	
第108天	L18 角色扮演Nicole（C‾目標練習）	
第109天	L19 角色扮演Nicole & Susan（C‾目標練習）	
第110天	L19 角色扮演 Ted（C‾目標練習）	
第111天	L20角色扮演Carol（C‾目標練習）	
第112天	休息日	

日程	當日進度	完成次數
第113天	L20 角色扮演Bob（C⁻目標練習）	
第114天	L21 角色扮演Susan（C⁻目標練習）	
第115天	L21 角色扮演Donna（C⁻目標練習）	
第116天	L22 角色扮演Bob（C⁻目標練習）	
第117天	L22 角色扮演Susan（C⁻目標練習）	
第118天	L23 角色扮演Peter（C⁻目標練習）	
第119天	休息日	
第120天	L23 角色扮演Bob（C⁻目標練習）	
第121天	L24 角色扮演Amber（C⁻目標練習）	
第122天	L24 角色扮演Ted（C⁻目標練習）	
第123天	L25 角色扮演Ted（C⁻目標練習）	
第124天	L25 角色扮演Susan（C⁻目標練習）	
第125天	L25 角色扮演Nicole（C⁻目標練習）	
第126天	**完成日 灑花轉圈圈** 請做一件平常不會做，且你能明確感到 快樂的事，來慶祝自己完成這段旅程， 你是我心中的英雄。	**請簽名**

這126天的行動計畫，非常有可能因為各樣的繁忙而中斷，我懂我懂，我完全明白。中斷了怎麼辦？會不會前功盡棄、武功全失？不會的，**每一份累積的努力都算數，記得再出發就好**。在第77天中斷了，從第77天出發就好，你永遠都有再次啟航的機會。

　　學習語言，不像是攀登高峰，為了走到峰頂而行動，而更像是在完成拼圖。過程中拾起一片片拼圖，慢慢組合並完成全貌，每拼對一小片，都值得歡喜慶賀，因為你已經離成功更接近了一步。一片一片來，你會看到自己不斷成長的身影。

　　每個偉大的航程，都是從 Day1 開始的，現在就出發吧！

The difference between winning and losing is most often not quitting.

輸和贏的區別，往往在於永不放棄。

——華特・迪士尼　**Walt Disney**

把拔的跋

猶記上一本書即將完成之際
正愁著沒有強力的奧援
能願意為我這比清燙高麗菜還素的素人
撥出時間寫序,還有勇氣掛名推薦
然後,火星爺爺跳出來了
楊斯棓醫師跳出來了
侯安璐教練跳出來了
增訂版時,魏君卉醫師也跳出來了
或許是被我的傻勁感動吧?
他們都挪出了寶貴的時間,推我一把
好大好大的一把。

記得試讀完了初稿後
楊醫師說了一句:「這可能是一本救臺灣的書。」
(不是我很厲害,是很多人自認英文很菜)
那是我第一次覺得,這本書或許真的會中呢!
或許我在英文學習路上的痛苦掙扎
真的能鼓勵到那些也曾被英語擊敗的人

如今從銷售的成績來看
真的有好多人想學好英文
只是不得其門而入，只是沒有好的方法。

被火星爺爺、斯棓醫師的無私精神感召
再次提筆寫書，想的不只是自己
而是想用有限的能力和生命
為臺灣多做些什麼，多少做些什麼。

臺灣有多元的觀光亮點
有秀麗山林、有風土人情、有絕世美景
完全有潛力成為像日本、希臘、義大利一樣
國際級的 、充滿辨識度的觀光大國
但我常常想起我的外國友人說的：
What if Taiwan is an English friendly country?
（如果臺灣是個英語環境友善的國家，那該多好？）

不要再如果了，我想邀請你
一起重新投入英語的學習中
讓臺灣成為一個
能妥善接待遠道旅人的國家
讓臺灣的人情與美景，被更多人看見。

期待我的故事，成為拋磚引玉的示範
讓大家看見自己的可能，開始把英文帶進你的世界，
然後，我們一起，把臺灣帶向世界。

用第二本書
陪你走第二哩路
是為跋。

重磅
附錄

「如影隨形好聲音」
番外篇

How to Use Reliable Health Information on the Internet to Learn Public Health and English (by Dr. Brian Chen)

　　大家好，我是陳阿嘎博士！我在美國伊利諾大學的公共衛生研究所教書，教導來自世界各地的公衛碩士生。來到美國落地生根已經有25年，但我對學習英文和英語教學的熱情，從國中時期到現在一直都從未間斷過。有好的英語學習資源，我一定會花時間試試。

　　我的學習道路，並非一帆風順。高中讀四年（把成功高中當作成功大學在讀，哈哈！），準備留學時，托福和GRE考了整整兩年多，最後考到一個「不上不下」的分數後，就不怕死地踏上我的留美不歸路。當年托福滿分是677分，申請美國研究所一般要求至少考到580分。小弟退伍後，第一次考托福的成績是447分（好像在嘲笑我，乾脆「死死去」）。所以，我也是對英文「脫魯」的過程，有著深刻的體驗！

　　因緣際會，我和 Michael 老師聊天分享，談到了一些免費優質英文學習的資源，在得到他的認可後，很高興也能與大家分享。

西元 2020 年，我們共同經歷了一場驚天動地的疫情，新型冠狀病毒（COVID-19）席捲全球，超過200個國家有新冠肺炎的確診病例，美國更成為新冠肺炎感染與死亡人數最多的國家。因此，所有使用英語的國家，幾乎每天都在報導和新冠肺炎相關新聞，也就產生了不少與時事相關的英文學習材料。

在這樣的前提下，阿嘎博士與大家分享兩個英文自學的祕密武器：CNN 10 和 Google 雙寶。這兩組工具，可以幫助大家善用時事新聞，提升英語能力。

首先是 CNN 10 。美國有線電視新聞網（CNN），大家一定都耳熟能詳，CNN 10 的前身是 "CNN Student News"，是 CNN 從1989年開始，為了美國國中生與高中生設計的每日十分鐘新聞，題材來自美國當地和國際新聞，中間沒有穿插任何廣告。

從2020年 開始，CNN 把節目改為 "CNN 10"，表示10分鐘「CNN學生新聞」的意義。雖然節目名稱改變了，但它的新聞內容和風格都是不變的。

CNN 10 播報的風格非常活潑、幽默、風趣，因此得到廣大眾多的美國學生的喜愛。另外，CNN 又破天荒的為了 CNN 10 開了一個全新的 YouTube 頻道，這樣一來，全球超過 25 億的用戶，都可以在 YouTube 看到 CNN 10。

我們有兩個管道，可以收看 CNN 10

❶ CNN 10 的官網　　❷ CNN 10 的官方
　　　　　　　　　　　YouTube 頻道

　　推薦至官網收看，因為 YouTube 的廣告已經多到有點惱人的程度。（Michael 謎之音：「你知道這是什麼嗎？你知道這個東西在 Amazon 上，零售價19.9塊美金，偷偷告訴你，它的批發成本只要3塊錢，雖然我不是數學家，但這聽很起來不錯，對吧！」）

　　相較於 Youtube 上自動產生的AI字幕，官網有正確率更高的英文字幕，你可以根據個人學習需求，決定是否要打開字幕，點擊影片右下角的「CC」按鈕，即可開關字幕。對於剛開始收看，卻大部分都聽不懂的人，可以打開英文字幕輔助；若是大部分都聽得懂的人，可以第一次不開字幕，第二次再開英文字幕，然後專注在剛剛聽不懂的部分。

　　由於是為學生設計的內容，影片的上架時間是週一到週五，週六、週日休息。CNN 10 的播放時間，也會跟著美國高中生的上課時間做調整，六月初放暑假，十二月底放寒假。

　　也許有些人看到 CNN 新聞，就想要打退堂鼓，我以前也是這樣，腦中有很多的 OS：「單字太難！」、「說英語速度太快！」、「英語新聞太無聊！」等等。不用怕，CNN10 和刻板印象中的 CNN 新聞，是不太一樣的東西。如

果還是太難，讓阿嘎博士幫您動動腦，嘗試用「化骨綿掌」來化解這些學習障礙。

首先，「CNN 新聞單字太多，講啥攏聽嘸，聽不懂，如何是好？」。請放心！CNN 10的單字程度，有特別篩選過，基本上符合美國國高中生的單字程度，因此一般新聞英語中較為艱深的單字，並不會大量出現在 CNN 10 的內容中。

CNN 10 體察廣大英文學習族群和學生的需求，有提供新聞全文稿（Transcript），所以聽不懂的字，可以於複習時，查字典搞定它！

第二，「CNN 新聞播報的語速太快，跟不上！」。沒問題，官網影片提供語速設定功能，影片右下角有個「齒輪形狀」的設定按鈕，點選"Speed"，就能選取適合的影片播放速度。

語速的調整的需求因人而異，若你想調慢時，阿嘎建議最慢只能調到 0.5 倍速播放，這是一個適合跟讀的速度，0.25 倍聲音會嚴重失真。若你想調快的話，我建議最快調到 1.25 倍速播放。聽力和發音訓練的細節，可以參考上一本《英語自學王》第五章第二小節，Michael 老師平民版的「回音練習法」和跟讀訓練法。

第三，「英語新聞太無聊！」。學英文要找到自己有濃烈興趣的題材，才能事半功倍，持續地進步。國中為了玩電腦 RPG 遊戲「創世紀 IV」，多查找了好多新的英文單字呢！所以我們可以在星期五時，瀏覽一下這週每天新聞的綱要，再找出自己有興趣聽的段落來學習和練習。

阿嘎建議在平日裡可以每天找有空的十分鐘，把新聞聽完，聽不太懂沒關係，聽到很有意思的內容就做個小筆記，沒興趣就快轉；然後在週五再去選出一個2～3分鐘的段落，在未來的一週做深度學習。

　　如果你是使用 Youtube 收看，每個十分鐘的視頻，除了新聞標題外，在影片的說明欄，也會有這個十分鐘新聞的摘要，通常就只有三、四句話，你可以用這一段簡短敘述，篩選你想要聽的內容。

　　以某一天的影片為例，這天新聞的標題是 "A Delay In A Space Launch"。中文翻譯就是「美國 Space X 載人火箭升空延期了！」注意，這個標題並不代表整個 10 分鐘，都在講這件事，要看看它摘要寫什麼，才能快速掌握新聞內容。

　　英文摘要如下：

CNN 10 is covering a milestone in the coronavirus pandemic, a delay in a space launch, and the struggles of East Africans as locusts spread across their countries. And a giant kookaburra flies us into the weekend.

摘要中譯如下：

本集CNN10報導了冠狀病毒大流行的一個里程碑、太空火箭發射的延遲、以及東非人因蝗蟲蔓延而苦惱，最後，一個巨大的庫卡布拉鳥帶我們飛進週末。

由以上的摘要大概可以猜到這 10 分鐘的新聞其實可分成四個部分：（1）新冠肺炎，（2）火箭發射，（3）東非蝗蟲的蟲害，（4）貌似有趣但看不出來要講什麼的新聞。

　　如果對於其中某段內容特別感興趣，可以到 CNN 10 官網去找到當天的逐字稿（Transcript），通常你會在頁面上，看到一行顏色不同的"Click here to access the printable version of today's CNN 10 transcript"點下去就會連結到新聞全文稿的頁面。

Click here to access the printable version of today's CNN 10 transcript.

CNN 10 serves a growing audience interested in compact on-demand news broadcasts ideal for explanation seekers on the go or in the classroom. The show's priority is to identify stories of international significance and then clearly describe why they're making news, who is affected, and how the events fit into a complex, international society.

Thank you for using CNN 10

點下去就會連結到新聞全文稿的頁面

CNN 10

On Our Last Show of the 2020 Winter/Spring Season, CNN 10 is Covering a Milestone in the Coronavirus Pandemic; A Delay in a Space Launch; The Struggles of East Africans as Locusts Spread Across Their Countries; A Giant Kookaburra Flies Us Into the Weekend

Aired May 29, 2020 - 04:00　ET

　　全文稿滿滿的都是英文，若想要快速瀏覽、掌握內容，你可以透過 Google 第一寶，Google Translate Web（谷歌網頁翻譯），瞬間取得中文全文稿。

Google Translate Web

Translate web pages to and from more than 100 languages

URL of web page to translate
http://

From Detect language

To English

Translate

Google's free online language translation service quickly translates web pages to other languages.

（http://itools.com/tool/google-translate-web-page-translator）。

進入該網頁後，貼上你想要翻譯的網址，把 To：的欄位改成 "Chinese Traditional"（中文繁體），然後按 "Translate"，該網站就會對輸入的網頁，進行中文全文翻譯，並會產生新的一個中文稿網頁。（這樣的翻譯正確率，會比直接按右鍵翻譯成中文更高。）

美國有線電視新聞網 10

在我們 2020 年冬季/春季的最後一場演出中，CNN 10 正在報導冠狀病毒大流行的里程碑；太空發射延遲；蝗蟲在他們的國家蔓延時東非人的鬥爭；巨大的笑翠鳥帶我們進入周末

美國東部時間 2020 年 5 月 29 日 - 04:00 播出

如果你只想學習逐字稿的某部分，你也可以把那一段的英文稿，複製貼上，使用 Google 第二寶 – Google Translate

翻譯即可。

　　由於新冠肺炎在美國的患病和死亡人數，都屢創世界新高，CNN 10 自許肩負著教育青少年和一般民眾的責任，也提供了一系列2～3分鐘的 "Coronavirus Explained" 專題短片。使用英語新聞來學習英文的眾多優點之一，就是你能順便學習新知，包括健康，公共衛生，科普知識，和國際關係等等。

　　CNN 10 被美國大眾傳播媒體的評論是："Faired and Balanced"。它的風格是盡量以公平、不偏不倚的中庸角度，將新聞呈現給觀眾。因此，像這樣的「好聲音」，是學習英文的極佳教材！

　　若你期待英語聽力和詞彙量，都能夠進深學習，不妨利用收看英語新聞的機會，與世界時事接軌，讓自己的「英語力」，更上一層樓！

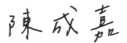

（陳阿嘎、Dr. Brian Chen）

美國伊利諾大學系統終身教授

公共衛生研究所所長 兼 系主任

國家圖書館出版品預行編目（CIP）資料

英語自學王2：最接地氣的實戰行動指南 / 鄭錫懋著.
-- 初版. -- 臺中市：晨星出版有限公司, 2023.05
288面 ;14.8 × 21　公分. -- (語言學習 ; 33)
ISBN 978-626-320-412-6(平裝)

1.CST: 英語 2.CST: 讀本

805.18　　　　　　　　　　　　　　　112002688

語言學習 33

英語自學王 2

最接地氣的實戰行動指南

作者	鄭錫懋 Michael Cheng
編輯	余順琪
特約編輯	楊荏喻
封面設計	耶麗米工作室
美術編輯	陳佩幸

創辦人	陳銘民
發行所	晨星出版有限公司
	407台中市西屯區工業30路1號1樓
	TEL：04-23595820　FAX：04-23550581
	E-mail：service-taipei@morningstar.com.tw
	http://star.morningstar.com.tw
	行政院新聞局版台業字第2500號
法律顧問	陳思成律師
初版	西元2023年05月01日
初版二刷	西元2023年07月01日

讀者服務專線	TEL：02-23672044／04-23595819#212
讀者傳真專線	FAX：02-23635741／04-23595493
讀者專用信箱	service@morningstar.com.tw
網路書店	http://www.morningstar.com.tw
郵政劃撥	15060393（知己圖書股份有限公司）

線上讀者回函

印刷	上好印刷股份有限公司

定價 340 元

（如書籍有缺頁或破損，請寄回更換）

ISBN：978-626-320-412-6

Published by Morning Star Publishing Inc.

Printed in Taiwan

All rights reserved.